绘者：远滕周作

槾下随笔

止庵　著

華中科技大學出版社
http://www.hustp.com
中国·武汉

新序

《樗下随笔》上次面世，有读者抱怨不认识书名的第一个字。这并不是故意要给别人添麻烦，盖因书中的文章都是在我家原来北京城里的住处写的，那个院子的角儿上确实有这么一棵学名叫做“樗”的树。樗就是臭椿。我家这棵生得很晚，当然不是有意栽种，它不知怎么从地里冒了出来，长得挺快，没几年已高过房顶。这种树不成材，就连虫子都不生；有人还曾特意叮嘱切勿在树下练气功，好在我们原本也不练气功。然而大概就在我写完这批文章后不久，有年夏天雨水特别大，竟然把它浇死了。入冬一阵大风，早已干枯的整个树冠都被刮到邻院去了。再过几年那里拆迁，一切均已无影无踪。

话说至此，真用得上“木犹如此，人何以堪”那句老话，而接下来或许当云，人都这样，就更别提文字了。所以时隔二十几年《樗下随笔》得以重新出版，未必意味着可以对这本书今后的命运过度乐观。树与人皆有寿限，书籍亦然，对此作为作者所能做的，无非是写之前想清楚，写完了改仔细，尽心竭力而后已。然则往往事倍功半，而且如若方向不对，下的功夫越大反而越易于速朽。

《樗下随笔》是我的第一本随笔集，那会儿我在公司上班，工作很忙，只能偶尔在周末写上一篇，所以前后花了五年时间才完成。起手写时已经年过三十，回过头去看其中有些题目，诸如“谈心境”、“谈癖好”之类，以后我再也没有写过，可以说少年心事多少有所遗留，尽管没有什么夸饰渲染。现在我想，年轻时候说年轻的话，年长时候说年长的话，都没有什么不应该，只要前者别太肆意，后者别太固执就是了，唯一可怕的是“秋行夏令”——这常被误会为“老当益壮”，好像很了不起，譬如有人就曾自诩“不失少年凌厉之气”，对此我不免看不顺眼，偶尔也忍不住写篇小文章给扎上一针，泄一点气，虽然此举足以显露我自己其实同样没有活到火候。《论语·季氏》云：“子曰：‘君子有三戒：少之时，血气未定，戒之在色；及其壮也，血气方刚，戒之在斗；及其老也，血气既衰，戒之在得。’”我应该已经到了孔子讲的最后一段，却连前面一段还没有做好，说来只能深自惭愧。

我写《樗下随笔》之前，曾经写过十几年诗和小说，后来收手不干了，改写这种叫做随笔的东西，觉得路数应该有所不同，想了个说法叫“诗文有别”。后来读废名的《关于派别》，讲得更为精当，不能赞一词，这里再来抄录一遍：“近人有以‘隔’与‘不隔’定诗之佳与不佳，此言论诗大约很有道理，若在散文恐不如此，散文之极致大约便是‘隔’，这是一个自然的结果，学不到的，到此已不是一般文章的意义，人又乌从而有心去学乎？”所以我看那种时不时来点抒情、添点文采的文章，问题就在于“不隔”，仿佛是想写的诗没有写完，随处泄露，在我看来那样还不如继续去写诗好了。这是我从起头写文章就已抱定的想法，自这本书迄于今，从未改变。当然人各有志，文无一律，上面的话只能用来约束自己，以及与二三同好互勉罢了。多年来承蒙相识与不相识的朋友们鼓励帮助，形容的话就是多有培植之恩，无如还得抱歉地说自家实在只是樗材而已。

二〇一八年七月十三日

原序

前些时读《骆驼草》杂志影印合订本，有一篇署名惠敏的《闲话》，说：

“一个人到了‘遗嘱’的资格，我们真可以恭敬的一领教了。我且把这个遗嘱抄在下面：

“‘曾子有疾，召门弟子曰：启予足，启予手。诗云：战战兢兢，如临深渊，如履薄冰。而今而后，吾知免夫，小子。’”

曾参是《论语》里活得最谨慎的人，“吾日三省吾身”是他，“慎终追远”亦是他，难怪大限将近时有松了一口气之感。但即使不像他这般有意跟自己过意不去，又将如何呢。有时候我读到孔子“知者不惑，仁者不忧，勇者不惧”和“君子坦荡荡，小人长戚戚”这些话，不知怎么总有些怀疑这也只是一种理想而已；以我自己涉世的体会，好像事实恰恰相反似的。不管怎么说，想好好活过一辈子真够沉重，真够不容易，所以曾点言志道出：“莫春时，春服既成，冠者五六人，童子六七人，浴乎沂，风乎舞雩，咏而归。”孔子遂说：“吾与点也。”这实在是对艰难人生的一种调剂，朱光潜所谓“人生的艺术化”也就是这个意思罢。

周作人《〈夜读抄〉小引》云：

“先父在日，住故乡老屋中，隔窗望邻家竹园，常为言其志愿，欲得一小楼，清闲幽寂，可以读书，但先父侘傺不得意，如卜者所云，‘性高于天命薄如纸’，才过本寿，遽以痼疾卒，病室乃更湫隘，窗外天井才及三尺，所云理想的书室仅留其影象于我的胸中而已。”

我读了此段文字颇有感触，伯宜公的一点梦想有如烛火之于长夜，弥足珍贵。当然可以由此进到旷远澹泊一路，但那也还是一种“艺术化”。如周氏为《古槐梦遇》作序所记：

“平伯在郊外寓居清华园，有一间秋荔亭，在此刻去看必甚佳也，详见其所撰记中。前日见平伯则云将移居，只在此园中而房屋则当换一所也。我时坐车上，回头问平伯曰，有亭乎？答曰，不。曰，荔如何？曰，将来可以有。

“昔者玄同请太炎先生书‘急就庼’额，太炎先生跋语有云，至其庼则尚未有也。大抵亭轩斋庵之名皆一意境也，有急就而无庼可也，有秋荔有亭而今无亭亦可也，……”

我家房后有一株樗树，即俗称臭椿者。昔人有言，“黄连树下弹琴”，如今我在臭椿树下作文，其意庶几近之。在这树下住了多少年了，也别无感想。后来读《庄子·逍遥游》，有一段话谈及此树：

“惠子谓庄子曰：‘吾有大树，人谓之樗。其大本拥肿而不中绳墨，其小枝卷曲而不中规矩，立之涂，匠者不顾。今子之言，大而无用，众所同去也。’庄子曰：‘……今子有大树，患其无用，何不树之于无何有之乡，广莫之野，彷徨乎无为其侧，逍遥乎寝卧其下。不夭斤斧，物无害者，无所可用，安所困苦哉。’”

我们寻常人大约也只及得惠子的境界，若夫庄子则真正了得，一棵人人讨厌的臭椿也能说得那么美，以致不才如我平庸的起居也与“彷徨”“逍遥”联系在了一起，我在樗下所写的平庸的小文章竟也显得（至少是自以为是）有点意思了。

一九九〇年十二月二十一日

目　录

卷 一

卷 二

卷 三

卷 一

子在川上

“子在川上，曰：‘逝者如斯夫，不舍昼夜。’”

此时之孔子，真是最具哲人的心境。这一声太息里也就融进了他的一生。我读书不多，但是杂些，至今还存留印象的，仿佛都与“生命”这题目沾点边儿。从前读《庄子》的时候就觉得，大约“求生”二字做成了庄子哲学的根本。他讲“不材之材”，是以无为求生；而孔子则说得上是把“生”落在有为之上。后人说的“少壮不努力，老大徒伤悲”，亦可以看作是对子在川上一章的诠解罢，然而何以说得那么没有意味。倒是杰克·伦敦写过一篇《热爱生命》，我想意思就是那个意思；只是把人物命运放到那样极端的环境里展开以弘扬题旨，又未免有些张狂。

有一次和朋友谈起元稹的《闻乐天授江州司马》：

“残灯无焰影憧憧，此夕闻君谪九江。垂死病中惊坐起，暗风吹雨入寒窗。”

我说“残灯无焰影憧憧”与“垂死病中”有一种关系，可以说是个象征罢，所以末尾才说“暗风吹雨入寒窗”。先是“暗”，是感觉中的生命完结；然后是“寒”，是体会到了死亡降临。真是一首好诗。

小时候我每每觉得死特可恐怖，因为想到死后便什么也不再知道。活得渐渐久了，这份念头也就淡去了很多。后来读到知堂《〈艺术与生活〉自序》说的：

“我如有一点对于人生之爱好，那即是她的永远的流转；到得一个人官能迟钝，希望‘打住’的时候，大悲的‘死’就来救他脱离此苦，这又是我所有对于死的一点好感。”

这是再洞达不过的意见，但我有时也稍有难以企及之感。特别是有一次在张爱玲的小说《花凋》中看到这样一句话：

“然而现在，她自己一寸一寸地死去了，这可爱的世界也一寸一寸地死去了。”

那时她才只二十来岁，怎么能够对生命有如此异乎寻常深刻的感受。在《金锁记》中还有一个细节，是写主人公曹七巧苦斗一生之后：

“七巧似睡非睡横在烟铺上。三十年来她戴着黄金的枷。她用那沉重的枷角劈杀了几个人，没死的也送了半条命。她知道她儿子女儿恨毒了她，她婆家的人恨她，她娘家的人恨她。她摸索着腕上的翠玉镯子，徐徐将那镯子顺着骨瘦如柴的手臂往上推，一直推到腋下。她自己也不能相信她年青的时候有过滚圆的胳膊。”

夏志清写《中国现代小说史》，称此为“小说艺术中的杰作”，认为力量不在陀思妥耶夫斯基《白痴》里女主人公死了，苍蝇在她身上飞的细节之下。这不是溢美的话。此两者皆是把生命的河涉过了，知道深浅，由此泄露一点天机。

这几天我正在读梁遇春的随笔集《泪与笑》。书中生命的体验特别之多，这些体验又表现得特别之好。他在激动（如《救火夫》）及伤感（如《她走了》）的时候均不见佳，唯有仿佛一位智者那样观照人生时才最可令人赞叹，我也正是读了《泪与笑》、《天真与经验》和《又是一年春草绿》诸篇才想了这许多，以致忆起《论语》的那一章书，愈发觉得梁氏真是不曾白白活过，虽然他一共也只活了二十七岁。废名为此书所作序言说：

“秋心这位朋友，正好比一个春光，绿暗红嫣，什么都在那里拼命，我们见面的时候，他总是燕语呢喃，翩翩风度，而却又一口气要把世上的话说尽的样子，我就不免于想到辛稼轩的一句词，‘倩谁唤流莺声住’，我说不出所以然来暗地叹息。我爱惜如此人才。世上的春天无可悼惜，只有人才之间，这样的一个春天，那才是一去不复返，能不感到摧残。”

我因知道子在川上的感慨有多沉重，当然这不只是感慨韶光易逝而已。

一九九二年十二月二十七日

戏剧人生

胡同口的书摊上摆着一套今人编的散文选，皆以“人生”为题，如鲁迅的一本叫《呐喊人生》，周作人的叫《恬适人生》，胡适的叫《实用人生》，等等。我每次路过看了都觉得有点儿滑稽似的，夫鲁迅之人生除呐喊外尚做好些别的，其他诸位亦然，如此贴一标签岂非太简单且偏执乎。

或许应该加些解释才好，比如，周作人就尝在《新希腊与中国》一文中对“平和耐苦”发表过意见说：

“我并非以平和为不好，只因中国的平和耐苦不是积极的德性，乃是消极的衰耗的证候，所以说不好。譬如一个强有力的人，他有迫压或报复的力量，而隐忍不动，这才是真的平和。”

这实在可以说是很结实的思想，我们拿这个做底子去看

“呐喊”“恬适”“实用”等，才能真正体会到他们是怎样的人罢。

人生这事情也确实不容易搞得明白。我们有时说“人生如戏”，这话似乎太悲观，但倘若除去悲观的成分，则未始不是一种有意思的说法。人在世界上总要扮演一个角色的。

皮兰德娄写过一出戏：《亨利四世》。戏里讲一个青年在化装游行中扮演亨利四世，遭情敌暗算，大脑受伤精神失常，从此即以亨利四世自居，家人顺从他的意志，亦拿他当皇帝对待。如此过了十二年，他清醒过来，发现心上人已被情敌夺走，他已无法回到过去的生活中，只好佯作仍然疯狂，还是亨利四世。然而到底不能忍受，冲动下杀死情敌。这回他为了逃避罪责，不得不再次借亨利四世身份掩护自己，永远地装疯下去。

这是我读过的皮氏最精彩的剧本。他不是宣扬一种人生观，是在描述他眼中的人生。记得有种关于海明威的说法：他并非如大家想象的是个硬汉子，之所以一再参加战争，冒险，受伤，乃是为了装作硬汉。我说即便如此，他一生都这么着，最后还以硬汉的姿态去死，我们也当说他是硬汉子了。扮演一个角色，或者说戴上一副面具，戴得久了就摘不下来，面具与自我，究竟孰为本质的东西我们都不知道了。

这就好像《庄子·齐物论》所说的：

"昔者庄周梦为胡蝶，栩栩然胡蝶也，自喻适志与，不知周也。俄然觉，则蘧蘧然周也。不知周之梦为胡蝶与，胡蝶之梦为周与。"

如此说来是不是对于人生有所怀疑了呢，那倒未必，人生就是人生，它无可怀疑，就像我们不能怀疑所生存的地球一样，除非我们能另外找到一个供我们生息繁衍的星球。活着，这是一件再实在不过的事情了。只是所谓本质乃是在人生中自己找了来的，或者主动，或者被动，不管怎么样，恐怕都得要很费些气力以至受些苦的罢。

去年我到南昌出差，特地去了趟青云谱，那是八大山人的故居，现在辟为纪念馆。几楹厅堂，一个园子，三面环水，树木有些萧疏。我是不懂国画的，但很喜欢八大山人的冷峭孤愤。在这个环境里，似乎比较能理解他的生平了。《清朝书画家笔录》"朱耷"一条云：

"朱耷，字雪个，江西人，故明宗室。国变后匿其姓名，号八大山人，遁奉新山中为僧。一日，忽发狂疾，或大笑，或痛哭，裂其浮屠服焚之。独身佯狂市肆间，履穿踵决，拂袖蹁跹，市中儿随观哗笑，人莫识也。……喜饮，贫士及市人、屠沽邀之辄往，醉后墨渖淋漓，不自爱惜。尝寓僧舍，雏僧嬲之索画，牵裾捉衿不拒。士友馈赠亦不辞，惟贵显人欲以数金易一石不得，或持绫绢至，直受之，谓将以为袜。以故贵显人求其书画，反从贫士、山僧、屠沽购。”

这真像是皮兰德娄所描写过的，不过其一为戏其一为真的人生罢了。戏如人生，还是人生如戏呢。戏如人生，这恐怕还比较容易一点儿；人生如戏，其中的艰难痛苦可不是如我们说说就完了的罢。而八大山人的戏剧人生也没有到此收场。前述《笔录》又云：

“忽大书‘哑’字于门，自是对人不交一言。或招其饮，则缩颈抚掌，笑声哑哑然。盖其胸次滂浡郁结，别有不能自解之故。”

事有凑巧，将近十年前我看过伯格曼的一部名叫《假面》的电影，其中所表现的与此颇有相似之处：一个女演员在舞台演出时突然不说话了，医院诊治无方，遂派一名女护士陪她去海滨疗养。疗养期间女演员始终一言不发。护士想尽办法引她说话，以至向她透露自己的隐私，她还是不说话。后来护士发现她在通信中用冷漠高傲的口气议论自己，于是大怒，歇斯底里粗暴地逼她开口，甚至要拿开水泼她，末了女演员只说了句：“没什么。”这戏实在是很难编的，也实在是很精彩。

现在检读伯格曼的电影剧本选集，《假面》有两段台词颇可留心，其一是说女演员刚刚不说话时的情况：

“沃格勒太太是一位演员，她扮演的最后一个角色是厄勒克拉特。在演第二幕时，她停止了说话，像受了惊吓似地打量着她周围的什么东西。她不理会提词或其他演员的暗示，保持沉默一分钟。然后她继续表演，仿佛什么也没有发生。演出结束后，她对别人说，她很抱歉，只用一句话解释了她的沉默：‘我就是想大笑一场。’”

其二是在影片末尾，她已离开疗养地：

“十二月初，伊丽莎白·沃格勒回到家中和剧院，两处都竭忱欢迎她回来。我始终相信她会回去的。她的沉默是一个角色，像其他角色一样。过了一些时候，她不再需要它了，所以就撇下了它。要分析她的最内在的动机自然是困难的，尤其是像沃格勒太太这样具有如此复杂的精神生活的人。”

这些话大概使我们可以稍稍接近“自是对人不交一言”的疯画僧罢，但要想直达其心也还是困难的。沃格勒太太毕竟是演员，她可以进入一个角色，再从其中脱身，就像上台下台、开幕闭幕一样。我们说人生如戏，也只是无以言之而强言之的形容罢了，人生到底不是戏。

《清朝书画家笔录》有一节话说得好：

“世乃目之曰‘狂士’，曰‘高人’，浅之乎测山人矣。尝见山人书画款题，‘八大’二字必连缀其画，‘山人’二字亦然，类‘哭之’、‘笑之’，意盖有在也。”

所以我前文所说理解云云也只是表达我的一点敬意而

已。如果非要说点什么，《圣经》所谓“如死一般坚强”庶几近之罢。又有点儿像《渔父》中的屈原。屈子在那里的一席话，也许我们可以借过来形容青云谱的故主：

“吾闻之，新沐者必弹冠，新浴者必振衣。安能以身之察察，受物之汶汶者乎。宁赴湘流，葬于江鱼之腹中，安能以皓皓之白，而蒙世俗之尘埃乎。”

一九九四年一月二日

假如

假如地球是方的，
孩子们就有角落藏身；
但地球却是圆的，
我们不能不面对世界。

这是几年前在《读书》上读到的一首诗，作者是法国儿童梅莱娜·若罗，“据说这首诗被刻上了一只水晶球，而这只水晶球被飞船投入太空。”其中颇有一种凄恻之感，我想这也只能形容是与生俱来的悲哀罢。

“假如……但……”是我们上小学时就学会了的句式。这好比是自己领着自己兜的一个圈子：许了种种的愿，然后又一一破坏掉，什么也不能实现。阿基米德以物理学家的身份说过：“假如给我一个支点，我可以移动地球。”这是我们听到的人所说出的最有气魄的话；在这种“假如”里，人们可以得到任何一方面的最大满足——只是后面总有一个“但”字在等着呢。假如“图穷匕首见”之后荆轲真的刺杀了秦王，假如“鞠躬尽瘁死而后已”的诸葛孔明竟天假以年……循着“假如”的思路恐怕可以另外去写一部历史；假如我们生存在另外一个星球上，现在我们面临的所有问题也许都不存在了。从“假如”开始，到“但”结束；事实上是，“我们不能不面对世界。”

在一个没有“假如”的世界里，人未免就显得有点儿精疲力竭与孤独无告。“假如”好比孙行者的一把毫毛，随时可以拔根吹上一口，变出另一个自己来帮忙——帮帮自尊心与想象力的忙，使之永远处在不败之地，否则我们怎么活在这世界上呢。真的只能自个儿去做一些事情了。

肖斯塔科维奇在他的回忆录里引述过一段古俄罗斯的祈祷文：

“主啊，请赐给我力量去改变能够改变的事物。主啊，请赐给我力量去忍受不能够改变的事物。主啊，请赐给我智慧去分辨这两者的差别。”

前几天我拿些东西给一个朋友看，他跟我谈到感性，也可以形容是属于诗的成分罢；谈到所有的一点知识；还谈到了思想。我说我所看重的其实也只是这末了一条而已。这次写文章多少涉及，我先想要摘引一点卡夫卡的格言，他实在是很悲观的，但是终于还是没有引成，因为这也只是我的一极；另外一极则可以说是孔子及其所谓“仁”罢，虽然谈不上多么乐观，但总归是亮色的。我也正是徘徊在这两者之间。举例说去年我遇见一件很受打击的事，当时满心都是卡夫卡的感觉，我曾在日记里写：造物啊，你不要让我失去求仁之心。关于人生我所钦佩的乃是那么一种智者的思想，这是包容了前述之两极——说起来孔子与卡夫卡本来也都是智者。开句玩笑说是同时挽住了两位的手而皆不愿撒开也。我虽然想了许久亦未真有所得，然则却都已经说在这一段祈祷文里了，是以当初我一读到便很喜欢。这里又绝少宗教意味，很实在，是真的对人生有深刻的体验。

人生仿佛就是由这样两个内容所组成：第一，它是多么的不容易；第二，你还是得完成你的人生。现在说起来我还是主张有为的，虽然在闲谈中我的话也不免要招致朋友的嘲讽。“力所能及”与“尽力而为”已经变成纯粹的客套话了，我们不妨再把它们擦拭干净。“不能够改变的事物”，换句话说，也就是逻辑学上所谓的前提罢；而“假如”正是对前提的一种书生气的冒犯，是幻想中的一次自由之旅。大概我们继而又要说到那个“但”字了。

肖斯塔科维奇一方面说：“我有时候想，老天爷已经把我的那份智慧给我了，不过这样想的时候不多，总是在我完成了一部作品的时候；那时感到一切问题都解决了，我已经回答了所有这些问题——自然是在音乐中回答，但是即使如此也已经回答很多了。”一方面又说：“对这段祈祷文，我有时候喜欢，有时候憎恨。虽然我的生活已临近结束，可是我既没有这种力量，又没有这种智慧。”由这样两重意思我们可以联想到人生所有的成功与苦难。

一九九四年三月九日

来世与现世

在周作人《闭户读书论》中读到这么一句：

“自唯物论兴而人心大变。”

这里“变”的内容可就多了，其中之一当是来世观之废弃。科学昌明的一个普遍意义上的结论是：对我们来说，除了我们生存着的时间与空间，不再另外有一个时间与空间；我的一切事情都只能在我的生命过程中去解决，否则就没有解决的机会。如此则好些现世没有结果的事，本来可以推到来世，现在不行了。譬如善人行善，恶人行恶，报应若不在眼前，那便是算了。受了人家好处之后所惯常说的“来世变牛变马报答你”，当初或许真有一点意思，现在成了谁也不要听的纯粹虚伪的敷衍话。生死之间再也不是出了这屋进那屋的事儿，而是一个绝对的界限，即范缜所说的“神灭”。所以古今中外每每有的“死后恢复名誉”之举，说实话不过是生者之间的某种安排罢了，与死者倒是无关，因为他没法儿知道。“告慰于某某在天之灵”乃是徒劳：他并不“在天”，你无以“告”，他亦不能“慰”。他所知道的是另外一码事，这不可能改变。一个人生命结束时最后的感觉就是基督教所谓“末日审判”，就是结论；好就是好，不好就是不好。至于是否应该好或是应该不好，这话与你就说不上了。我们常说应该这样应该那样，实在是对绝对公正的祈求，但是公正只有落到现世，才是真正的公正。“历史是公正的”，不错，有时如此；但若说它是严酷的似乎倒更恰当些。

说到这里我想起伍子胥的故事，这方面他可以说是先知先觉。其父兄被楚平王冤杀，他亡命吴国，发誓报仇。但是仇还没报，楚王先已死了。他听到这消息时的反应，《史记》本传失载，小说《东周列国志》倒有一段描写：

“伍员闻平王之死，捶胸大哭，终日不止。公子光怪而问曰：‘楚王乃子仇人，闻死当称快，胡反哭之。’员曰：‘某非哭楚王也，恨吾不能枭彼之头，以雪吾恨，使得终于牖下耳。’光亦为嗟叹。”

《史记·伍子胥列传》载其兄与他诀别时语：

“可去矣，汝能报杀父之雠，我将归死。”

其父听说此子逃亡，则说：

“楚国君臣且苦兵矣。”

然而终平王之世并未实现。对平王来说，伍氏父子一番渲染，都是空话而已。“五年而楚平王卒。”平王或许死得好安生，或许面有得意之色。“终于牖下”，善终也。伍子胥所哭者也正是历史的不公正：历史若是公正，楚平王不该善终。如今复仇的对象没有了，他此前的一切努力——千辛万苦逃出楚国，想方设法在吴国立脚——都落了空，他做什么都失去了意义。

不过伍子胥还是破了楚国。《史记》云：

“及吴兵入郢，伍子胥求昭王。既不得，乃掘楚平王墓，出其尸，鞭之三百，然后已。申包胥亡于山中，使人谓子胥曰：‘子之报雠，其以甚乎。吾闻之，人众者胜天，天定亦能破人。今子故平王之臣，亲北面而事之，今至于僇死人，此岂其无天道之极乎。’伍子胥曰：‘为我谢申包胥曰，吾日莫途远，吾故倒行而逆施之。’”

在严酷的历史面前，伍子胥多么无奈。他想敲开生与死之间的门，他也知道他没有力量。楚平王躲在死亡背后，他不可企及之处，还是胜利者。“日莫途远”，道的是他亘古的悲哀——这或者可以说是没有来世的现世的悲哀罢。

一九九二年十二月三十日

［补记］伍子胥对楚平王病死的反应，见载于《吴越春秋》。我一九八六年初读此书，写文章时居然忘记。卷三《王僚使公子光传》有云："十二年冬，楚平王卒。伍子胥谓白公胜曰：'平王卒，吾志不悉矣。然楚国在，吾何忧矣？'白公默然不对，伍子胥坐泣于室。"伍子胥劝说白公胜的话，其实是给自己打气；白公胜显然对此无法接受，而伍子胥也不能够说服自己。《东周列国志》对这一节演义得稍嫌过火，反不如《吴越春秋》刻画深入：其一"默然不对"，其一"坐泣于室"，真是心中郁结，无以言表。

"十二年冬，楚平王卒"，元人徐天祜注云："《左传·昭公二十六年》：'九月，楚平王卒。'《索隐》曰：'按《年表》及《左传》，合在僚十一年。'此书作十二年，又以秋为冬，皆误。"

二〇一八年三月二日

熊掌与菜根

好多年前读《孟子》，记得最清楚的莫过于他这几句：

“鱼我所欲也，熊掌亦我所欲也；二者不可得兼，舍鱼而取熊掌者也。”

有时我不免要想此老真也是活得好，有这么两样东西可以由着他挑，顶不济也能弄一尾鱼吃。因为上来就说“鱼我所欲也”，自然也是好吃的，故而即使是“舍鱼而取熊掌”，只怕在嚼熊掌之余也还要想其实鱼的味道也不错罢。

《三国演义》第七十二回里杨修对夏侯惇说：

“鸡肋者，食之无肉，弃之有味。”

这就难免要差一些。食之一鸡肋，弃之一鸡肋，虽然于“食之”“弃之”间还可以有所选择。但即使是“弃之”罢，也没有什么了不起，总不至于因此就要饿着。况且要从“无肉”

中体会出“有味”来，从意义上讲也更精粹些。

我又想起《邵氏闻见录》所引汪信民的话：

“人咬得菜根，则百事可做。”

关于菜根，知堂尝著文推测说是“白菜类的萝卜和芥菜类的芜青”，咬这个你看岂不苦哉。我们还不能借《诗经》“谁谓荼苦，其甘如荠”之句来敷衍，这堆菜根可是要当饭吃的呀。舍鱼而取熊掌迹近消遣，鸡肋云云则可比欣赏，咬菜根呢，就只能说说“则百事可做”这种壮自家行色的话了。

这么一讲，不是每况愈下了么，倒也未必。夫人生不如意事常八九，鱼与熊掌二者不可得兼亦是一种遗憾，然又安知中午刚咬过菜根而晚上不有熊掌可嚼乎。我们或者只能说光是知道熊掌好吃未免差点事儿，但是话也就是说到这里为止，因为舍鱼而取熊掌者未必就做不得事。福楼拜若非衣食无虑，又安能字斟句酌地写他的《包法利夫人》呢。米兰·昆德拉在《玩笑》自序里说：

“也许直到福楼拜的作品，散文才消除了在审美上低等的污点。自从《包法利夫人》以来，小说艺术就一直被视为与诗歌艺术平起平坐，小说家（配得上这一名称的所有小说家）把他散文里的每一个词都赋予了诗歌里那种词的独特性。”

只是难得他肯把这些闲功夫用在这件事上，而且日复一日，年复一年，最后“疲倦到了骨髓里”，累死了。

我读陀思妥耶夫斯基的小说曾注意到两个有关钱的细节，一是《白痴》中娜司泰谢把十万卢布扔进火里又取出之后：

“外面的纸差不多已经烧成灰烬，但是立刻就看出来，里边是完整无缺的。那个纸包是用三层报纸包着的，钞票没有损坏。”

一是《卡拉马佐夫兄弟》中上尉把二百卢布揉皱扔在地上拼命用靴跟践踏之后：

“钞票只是很皱，有许多摺痕，陷进沙子里去，但是还完全完整无缺，甚至在阿辽沙把它们打开抹抹平的时候，还窸窸作响，像新票子一样。”

这里描写好像都嫌过繁，其实乃是他潜意识的反映，因为他的一生实在是太穷了。马克·斯洛宁《颠狂的爱》里引过他两段话：

“小说——是充满诗意的事业。为了完成这一事业需要心灵的安宁与想象力。可债主在折腾我，也就是用坐班房威胁我，……疾病——羊角疯、痔疮——在折磨我，使我不得不中断工作，躺上它半个月……”

“我相信，我们的作家，不论以往的还是现在的，没有一个是在我经常写作的条件下创作的，屠格涅夫只要想到这一点都会一命呜呼的！”

杜甫诗云："文章憎命达"，我常听人有事没事也要引用，殊不知此语不幸的诗人自己道得，若是吃着熊掌闲极无聊之辈却是说不得也。

一九九一年十月四日

人类的群星□□时

从前写文章提到过茨威格的《人类的群星闪耀时》。其实所谓“群星闪耀”，亦不过“如敲石出火，一闪即灭”。茨氏也说：

“一个真正具有世界历史意义的时刻——一个人类的群星闪耀时刻出现以前，必然会有漫长的岁月无谓地流逝过去。”

然而历史也不只是这么两种成分而已，还有与“人类的群星闪耀时”相反的那一方面，又当如何形容呢。譬如《国语·吴语》载吴王夫差临死之前的话说：

“天既降祸于吴国，不在前后，当孤之身，寔失宗庙社稷。”

这较之茨氏所说，其非“此一时也彼一时也”乎。

话说越王勾践卧薪尝胆，逐渐恢复元气，乘夫差问鼎中原之际，抄其后路，几年之后居然灭吴在即。吴王二十年前有灭越的机会，没忍心下手，现在风水转了。但既曾投之以桃，也就巴望对方报之以李，于是派人前去求和。《国语》载越王的回答：

“昔天以越赐吴，而吴不受；今天以吴赐越，孤敢不听天之命，而听君之令乎。”

此一席话讲得实在太过精彩。《吴越春秋勾践伐吴外传》里这些出诸范蠡之口，此外他还有番言语：

“且君王早朝晏罢，切齿铭骨，谋之二十余年，岂不缘一朝之事耶。今日得而弃之，其计可乎。天与不取，还受其咎。”

历史就是这样，机会一失不复再有，越之“闪耀”之时即吴之黯淡之日，“天与不取”如夫差者尚有何话可说呢。

吴国败亡，与杀伍子胥有很大干系。他乃是明眼人，三番五次进谏，吴王反嫌絮聒，听了伯嚭的谗言，赐属镂宝剑令他自裁。想那伍员一世英雄，落得这般下场，实在悲惨。《史记·伍子胥列传》描绘其死前情景：

“伍子胥仰天叹曰：‘嗟乎，谗臣嚭为乱矣，王乃反诛我。我令若父霸。自若未立时，诸公子争立，我以死争之于先王，几不得立。若既得立，欲分吴国予我，我顾不敢望也。然今若听谀臣言以杀长者。”

语颇啰嗦，真是诉说不尽怨悔之意。怨且不谈，悔的是曾经放过了多少机会。怪得历来传说：“子胥因随流扬波，依潮来往，荡激崩岸。”（《吴越春秋、夫差内传》）是为年年八月十五之钱塘江潮也。后来轮到夫差横死，据《国语》载：

“夫差将死，使人说于子胥曰：‘使死者无知，则已矣；若其有知，吾何面目以见员也。”

《吴越春秋》描写吴王临死情景，是“乃太息，四顾而望”——他望见的也只是茫茫然一个覆灭的家国罢。如此则夫差之悔，又必千百倍于仅仅亡了一身及其功名的伍子胥矣。历史渐渐过去，善恶之辩已不分明，因为没有了切齿之痛；勾践君臣的得意亦泯灭尽了；唯有吴王这无限痛悔，垂二千载，仍能为我辈所感受于心。

往历史上看，夫差这般角色亦复不少。比他更加赫赫者如西楚霸王项羽，鸿门宴错过一个机会，竟然一败涂地，乃至别姬，唱《垓下歌》：“力拔山兮气盖世，时不利兮骓不逝。骓不逝兮可奈何，虞兮虞兮奈若何。”总觉得斯音凄绝，令人不忍倾听。其临终之言见载于《史记·项羽本纪》：

“吾起兵至今八岁矣，身七十余战，所当者破，所击者服，未尝败北，遂霸有天下。然今卒困于此，此天之亡我，非战之罪也。”

太史公把项羽列在“本纪”里，是说他真有君王的意思；

然而终究也只是一个意思而已。但是对末了这一席话大不以为然，因为“尚不觉寤而不自责”。我说这又未免忒迂阔些，到了那步田地，悔与不悔，“觉寤”“自责”与否，又有什么用。要而言之，从历史讲是咎由自取，从个人讲是自取其咎，如此而已。

一九九二年十二月二十九日

七步诗

我是没有学过“文”的。从前考大学的时候，很多亲戚朋友都劝我不要报文科。理由是文这东西危险；写诗作文，动辄就关乎生死。说这话的人有的是有过亲身体会，所以不能不听。但时隔多年，未免还是有点儿不服气。我总想即使对于自己的命运，文人也未必能表现出那么大的力量。当然谁都晓得汉代杨恽死于《报孙会宗书》，晋朝嵇康死于《与山巨源绝交书》，就连苏东坡也曾陷入“乌台诗狱”，只是幸免一死。及至清朝，更是不得了了，譬如据知堂《打油诗的文字狱》所说，汪景祺之所以“以大不敬罪斩立决，妻子为奴，兄弟及侄戍宁古塔”，不过是因为他写了这么一首打油诗：

“皇帝挥毫不值钱，献诗杜诏赐绫笺，千家诗句从头写，云淡风轻近午天。”

这真是历史上最黑暗惨酷的一页。但若说是有人写诗作文而导致了文字狱，那可是本末倒置了。虽然写诗文者不幸做了文字狱的主角，但锻炼成狱的勾当乃是别人所为，作者本人充其量也只是提供了一个借口而已，而且是在无意之中提供的；在很多案例中，这种借口实在太过勉强。其实借口这玩意儿还不是俯拾即是，又何必非诗文不可呢。不管怎么说，写的时候谁也没想到过生死之事罢，更别提预料到会被罗织罪名，乃至掉了脑袋了。

比较起来，倒是历史上好多“绝命诗”与生死的关系更紧密一点儿，因为写的时候到底是清楚大限将近。这又有善终者与横死者的不同，前者有如陆放翁的《示儿》，后者有如谭嗣同狱中所作。但是这与人们所说的“关乎生死”的本意其实也不相合，因为这不过是趁还活着说几句心里话罢了，于生死本身并不能施加什么影响。说实话，写也是一死，不写也是一死。

《刘宾客嘉话录》记载：

“刘希夷曰：‘年年岁岁花相似，岁岁年年人不同。’其舅宋之问苦爱此两句，恳乞，许而不与。之问怒，以土袋压杀之。宋生不得其死，天报之也。”

后来我读魏泰《临汉隐居诗话》和王若虚《滹南诗话》，

皆力辩其诬，说是这两句诗并不怎么样，不值得如此。如果我们姑且信其有的话，此处之刘希夷倒是真正可以决定自己的生死了。但是这又与写作本身无关：他做出决定的时候诗早已写成了。而他写诗时，大概未曾料到“此两句”之于他就像一捧雪之于莫怀古，会有人来图“才”害命的罢。

想来想去，只想到《世说新语 · 文学》：

“文帝尝令东阿王七步中作诗，不成者行大法。应声便为诗曰：‘煮豆持作羹，漉菽以为汁。萁在釜下燃，豆在釜中泣。本自同根生，相煎何太急。’帝深有惭色。”

写作关乎生死的机会千载难逢，居然让此公遇到，谢灵运尝谓天下才有一石，子建独占八斗，是乃天将降大任于斯人也。遥想当时，真个是写得出，生；写不出，死；写得好，生；写得不好，亦死。一切似乎都在他的掌握之中。七步之内，走过了生死的界限。古往今来多少骚人墨客，独独他有这个力量。单从这一点看，称此诗为千古绝唱亦不为过。

一九九三年一月二十日

悲剧谈片

几年前女作家三毛以丝袜缢死于台北荣民总医院之后，报刊上登载过很多报道文章，其中一篇是对死者父亲陈嗣庆的采访，他有一段话我现在还记得很清楚：

“我一直觉得，虽然三毛和川端康成、三岛由纪夫、海明威等世界级的作家还有一大段距离，但我隐约预感，三毛也会走向他们一样的路，我嘴里虽未说出，但心中阴影一直存在。”

这是十分悲痛的话。按川端口含煤气管自杀，三岛切腹，海明威用猎枪击碎了自己的头颅；做父亲的预感女儿将走上这样的绝路，他是不会袖手旁观的，一定曾尽力挽救，——这一节虽未发表出来，但我相信不仅仅是我的推测而已。

三岛和海明威的第一手材料我没见着，川端生前倒是几次谈到过“自杀”这个话题。中年所作《临终的眼》云：

“芥川在《给一个旧友的手记》里这样写道：‘我说不定会自杀，就像病死那样。’可以想象，假使他仔细地反复考虑有关死的问题，那么最好的结局就是病死。一个人无论怎样厌世，自杀不是开悟的办法。不管德行多高，自杀的人想要达到圣境也是遥远的。”

三十五年以后，他在接受诺贝尔文学奖时所发表的演说《我在美丽的日本》中重复了前引最后两句话，接着说：

“我既不赞赏也不同情芥川，还有战后太宰治等人的自杀行为。”

过了四年川端就自杀了。现在重读这些文字，仿佛他是特意说给自己听的，是一遍遍地劝说自己不要自杀的话。

讲到悲剧，我总觉得这才最具有悲剧的性质。悲剧或许应该从更高的意义上去理解，应该超越于人的境遇去理解。奥登在《基督教悲剧英雄》一文中说：“悲剧在于不得不发生的事情发生了。”似乎悲剧就不能不是悲剧，它总是无可避免地要成为悲剧。

这也是索福克勒斯的悲剧《俄狄浦斯王》早已给我们的启示。为了避免那个关于杀父娶母的预言的实现，其中两个关键人物即母亲伊俄卡斯忒与儿子俄狄浦斯都曾竭尽全力：母亲遗弃了亲生儿子，儿子逃离了他以为是亲生父母的人。

但到底俄狄浦斯还是杀了自己的父亲，娶了自己的母亲。所有抗拒悲剧的努力都导致了悲剧。

古希腊的另一个故事与此多少有些相仿：赫卡柏怀着特洛伊王子帕里斯的时候做过一个噩梦，梦见自己生下一个火炬，它把特洛伊城点燃直到烧成灰烬。预言家解释说这个孩子将导致本国的毁灭。于是他生下后也遭遗弃，但这也是徒劳之举：帕里斯后还是因诱拐海伦而引发了十年特洛伊战争，战争最终毁灭了特洛伊。

根据托尔斯泰原著改编的电视剧《安娜·卡列尼娜》在我们这里播出的时候，记得有不少人都觉得接受不了，因为看起来卡列宁与伏伦斯基都不是通常所谓的坏人，两个人自始至终对安娜都不错，如此则安娜的悲剧由何而来呢。悲剧如果归咎于奸人作祟或事属巧合那就未免太浅薄了。安娜之为安娜，就注定了她是悲剧的命运，卡列宁与伏伦斯基皆不能为之解脱；安娜也是俄狄浦斯，也是帕里斯，不过她所毁灭的不是她的父母，也不是她的城郭，她毁灭的只是她自己以及在我们的想往之中存在着的美与幸福而已。

亚理士多德在《诗学》里把悲剧定义为是“对于一个严肃、完整、有一定长度的行动的摹仿”，所以悲剧不仅在于结局，更重要的是悲剧成为悲剧的那个过程。他还说悲剧所引起的情感是怜悯与恐惧，“怜悯是由一个人遭受不应遭受的厄运而引起的，恐惧是由这个这样遭受厄运的人与我们相似而引起的。”这就好比同时用两副眼光去看悲剧：“不应”云云是依着我们寻常的思路所得的结论，所以才有怜悯恐惧之情；若更深一层则还有一个更震撼人心的“不得不发生”罢。

一九九四年三月十日

好事多磨

人到中年，别无所得，只体会到四个字，就是“好事多磨”。惟其多磨，所以想可能是好事，或者说应该是好事，如此才能经受得起这许多的“磨”，故这原本乃是一句乐观的话。用以自慰，或慰人，都可以的。若说好事是假，多磨才是真，那岂不是没法活了。举文学史上的例，最恰当莫过乔依斯著《都柏林人》，据说原稿曾先后投给二十二个（还有说是四十个）出版商，都退了稿；最后好不容易才被一家出版社接受，但又足足压了八年方问世。杰出如乔氏者能有几人，书又是那样的佳作，命运尚且如此，何况我辈乎。我大概已经过了遇事夸张的岁数了罢，但说到这个磨字，还是不免要联想到《新唐书·娄师德传》里有名的典故：

“其弟守代州，辞之官，教之耐事。弟曰：‘人有唾面，洁之乃已。’师德曰：‘未也，洁之，是违其怒，正使自干耳。’”

磨到这个份儿上，若其不为好事之先兆岂不苦哉。

然而世事本有难易，故亦不可于此过甚其辞，不然这极有分量的一句话也要被人说得滥俗了。《聊斋志异·贾奉雉》借一个秀才的口说：

“天下事，仰而跂之则难，俯而就之甚易，此何须鄙人言哉。”

难也易也，原不干“好事多磨”什么事。当然谁都愿意舍难而从易，譬如商界，有买方市场与卖方市场之分，最好是买方市场里当买方，卖方市场里当卖方，但是天底下哪有这般好事，期望过高，反不如意，是自讨苦吃罢了。况且凡事太容易，又有什么意思呢。《傅雷家书》只是我青年时代爱读的书，其中有一句云：

“太多与太早的成功是艺术家最大的敌人。”

我曾抄此语给一个朋友，他回信问为什么，当时怎么解释的早已忘了，但我现在仍以此语为然，虽然在我是不曾有过什么成功。盖吃过葡萄的自是有所体会，吃不着的亦可以想见其酸也。

以上所谈实际上仅其一端而已。“好事多磨”尚有别解，即：正因其为好事，故而须得多磨。我曾稍稍涉猎苏联文学史，其为史已经完了，然则如今谈论起来以“心有余悸”来形容亦不为过：阿赫玛托娃屡受摧残，扎米亚金、索尔仁尼琴、布罗茨基流亡海外，布尔加科夫、普拉东诺夫、左琴科、帕斯捷尔纳克郁郁而终，古米廖夫、皮里尼亚克、巴别尔被处决，曼德尔斯坦姆瘐死，茨维塔耶娃自杀……区区一部文学史怎能流这么多的血呢。难得的是数十年间此辈大师还能层出不穷，前赴后继。白居易有两句人人尽知的诗：

“野火烧不尽，春风吹又生。”

恐怕大家都当好话来理解了罢，谁能体会到这里自有一种痛苦的感受。所以这个磨字，也只好说是折磨了。弗洛伊德后来有生的本能和死的本能之说，如此看来，当是生的本能欲成好事，死的本能使之多磨，乃至毁灭。二者相互纠缠，无止无休。此“多磨”之因倘在别人，我们也只好认命；倘在自己，则诚为折磨中之折磨也。这里倒用得着杂志上常说的“走出你的误区”、“战胜自我”之类的话，但这也是说说容易，真做起来只怕也很难罢。

一九九二年十二月十四日

精卫填海

精卫填海故事出自《山海经 · 北山经》：

“又北二百里，曰发鸠之山，其上多柘木。有鸟焉，其状如乌，文首，白喙，赤足，名曰精卫，其鸣自詨。是炎帝之少女，名曰女娃，女娃游于东海，溺而不返，故为精卫，常衔西山之木石，以堙于东海。”

我对于上古神话素无研究，不过总觉得这件事与另外一些神话有点不大一样。女娲补天，天补上了；后羿射日，日射落了；愚公移山，山也移走了。夸父追日，虽然“未至，道渴而死”，但到底是“弃其杖，化为邓林”，正如陶渊明在《读山海经十三首》之九中说的：“余迹寄邓林，功竟在身后。”惟独这个精卫填海，却是没有结果。陶诗云：“徒设在昔心，良晨讵可待。”亦是同样的看法。

有朋友写过《填海》一诗，述精卫之事，语颇雄浑，末一句是“海平静地等着一个岛溅落”。但我却以为这与那神话的原意未免有些走样。郭弘农《山海经图赞·精卫》云：“乃衔木石，以填波害。”陶渊明《读山海经》之十则云：“精卫衔微木，将以填沧海。”特地于木石标出“微”，于东海标出“沧”，好像更为确当。我因浮想联翩：那鸟儿一定是瘦骨嶙峋，精疲力尽，从遥远的西山衔来一星半点儿树枝、石子，向着浩渺无边的大海投去，却没有丝毫反响，仿佛投向了虚空，然后又匆匆飞将回去。如此往返，无止无休，而东海仍在，浩浩荡荡，不减一分。

任昉《述异记》中另有一段关于精卫的记载：

“昔炎帝女溺死东海中，化为精卫，其名自呼，每衔西山木石填东海。偶海燕而生子，生雌状如精卫，生雄如海燕。今东海精卫誓水处，曾溺于此川，誓不饮其水。一名誓鸟，一名冤禽，又名志鸟，俗呼帝女雀。”

此处之“曾溺此川，誓不饮其水”与填海盖亦是差不多的志向，也就是陶诗之所谓“同物既无虑，化去不复悔”罢。然则东海还是一样的未曾填平也。

如此说来这件事情岂不是太悲观了么，但是我却觉得其中自有一种积极的因素，或许要比女娲补天等更为积极一些也未可知。这个意思，不妨借用《论语》中两段话来说明：

“子路曰：‘……君子之仕也，行其义也。道之不行，已知之矣。’”（《微子》）

“子路宿于石门。晨门曰：‘奚自。’子路曰：‘自孔氏。’曰：‘是知其不可而为之者与。’”（《宪问》）

把“道之不行，已知之矣”与“知其不可而为之”联系起来，精卫的哲学可以理解为一种有为的哲学：虽然没有结果，毕竟尽了力了。

古希腊神话讲，西绪福斯被天神罚做苦工，将一块巨石推上山顶，而巨石一到山顶，旋即滚落下来，他又得重新下山，再把巨石推上山顶，如此反复不已。这在某一点上与精卫填海正是相仿，只是更为沉重，更多宿命之感。加缪以此为出发点，写了《西绪福斯的神话》，其中所说仿佛也是我们从精卫身上体会到的：

“我对人从不悲观，我悲观的是他的命运。”

从这一点出发，加缪认为：“征服峰顶的斗争本身，足以充实人的心灵；应该设想，西绪福斯是幸福的。”那么咱们的精卫也应该说是一只幸福的鸟儿了。加缪说他的兴趣是在下山途中的西绪福斯：“我看到这个人下山，朝着他不知道尽头的痛苦，脚步沉重而均匀。”我们亦可以于精卫飞返西山途中向它作此一番礼赞罢。

但是正如加缪所说，要想由这些事情推导出战胜命运之类的结论也是困难的。如果精卫真的只是一只鸟，而东海真的是那么浩瀚，它便不可能填平这个海，所以精卫的命运永远是令人悲观的。世界上的事情最怕说破，说破了恐怕就不再有人希罕某些成功者传授的所谓经验。譬如阮籍说的“时无英雄，使竖子成名”即很煞风景：假充英雄的不过是成名的竖子而已。子罕言命；如果言了，大概也是与加缪一样的话。不妨再举一个例，在塞万提斯的书中，风车就是堂吉诃德的命运，他与之搏斗的意义在于搏斗本身；至于那结果，不指向幻灭，但也无法指向盲目的陶醉。虽然对于这位不朽的骑士来说，不管他只是一个人，还是代表整个人类，我们并不感到悲观。

一九九〇年八月十一日

关于孔子

“长沮、桀溺耦而耕，孔子过之，使子路问津焉。长沮曰：‘夫执舆者为谁。’子路曰：‘为孔丘。’曰：‘是鲁孔丘与。’曰：‘是也。’曰：‘是知津矣。’问于桀溺，桀溺曰：‘子为谁。’曰：‘为仲由。’曰：‘是鲁孔丘之徒与。’对曰：‘然。’曰：‘滔滔者天下皆是也，而谁以易之。且而与其从辟人之士也，岂若从辟世之士哉。’耰而不辍。子路行以告，孔子怃然曰：‘鸟兽不可与同群，吾非斯人之徒与而谁与。天下有道，丘不与易也。’”

《论语·微子》的这个故事从孔子迷路讲起，仿佛带有象征意味。按长沮的话说，既是孔子就不该迷路；桀溺则认为孔子走的根本就是一条没必要走的路。这些话对孔子来说并非完全无稽，因此他才“怃然”；他的回答就很恳切，可以说是肺腑之言。我们若要研究孔子，这席话最是个入手处了。长沮桀溺与孔子的不同，即如《庄子·大宗师》借孔子之口所说的：

“彼游方之外者也，而丘游方之内者也。”

孔子思想好像千头万绪，其实完全可以归结在“入世”这两个字里。但从他对子路讲的话里我们体会出那么一种不得不如此的感慨，好像是有点儿被动似的。这是因为出世，至少是不入世，也未始不是孔子自己的想头，如《述而》篇云：

“子谓颜渊曰：‘用之则行，舍之则藏，唯我与尔有是夫。’”

《泰伯》篇云：

“子曰：‘……天下有道则见，无道则隐。’”

这里藏也好，隐也好，虽可景慕，终究只是理想中的一件事情而已。现实地讲，人只能与人打交道，人只活在人间，这是无可讨论的前提：“方之外”去不了，只能“游方之内”，那么就勉力为之罢。说来孔子的哲学头一句话就应当是：“当我来到人间……”这是一个凡人的姿态。故而《公冶长》篇云：

“子贡曰：‘我不欲人之加诸我也，吾亦欲无加诸人。’子曰：‘赐也，非尔所及也。’”

“非尔所及”，亦非孔子和一切人所及，因为在这个前提面前大家都是一样的。所以孔子考虑什么总归是从人间着眼，所想做的也就是把人间的事情做好。诸如：

“子曰：‘……夫仁者己欲立而立人，己欲达而达人。’”（《雍也》）

“仲弓问仁。子曰：‘……己所不欲，勿施于人。’”（《颜渊》）

“子曰：‘君子成人之美，不成人之恶。’”（《颜渊》）

这些话都可以看作是对孔子所谓“仁”的解释，仁在《论语》中好像有多重意思，归根结蒂还是“爱人”（《颜渊》），即人到底应该对人怎么样。大约先有礼而后有仁，只有礼也能做成一个社会，但是就未免显得干燥些，需要仁来润泽一下子，说来仁也就是一点人情罢。总之仁是不离人间，上引几句话说的都是此意。《公冶长》篇云：

“子路曰：‘愿闻子之志。’子曰：‘老者安之，朋友信之，少者怀之。’”

这是孔子概括自己一生的话，所说还是不出乎前引诸语中“己”与“人”这两个方面。孔子的入世就落脚在这里，是实实在在那么一个意思。

但是这个意思其实也只是单方向的，在这个方向上我们能体会到愉悦；若从两方面相互来看，孔子似乎很少表现出他的乐观，而且在他的言谈中还常常流露出一种不被理解的孤独感，或者我们要说这乃是做人的悲哀罢。

“子曰：‘……人不知而不愠，不亦君子乎。’”(《学而》)

“子曰：‘不患人之不己知，患不知人也。’”(《学而》)

“子曰：‘……不患莫己知，求为可知也。’”(《里仁》)

“子曰：‘不患人之不己知，患其不能也。’”(《宪问》)

“子曰：‘莫也知我夫。……知我者其天乎。’”(《宪问》)

这里慨叹的都是“人不知”的问题。孔子对于这种“人不知”是无可奈何的，他所要求的全在于自己这一方面；但达到这些要求后，“人”是不是还是“不知”呢。在《微子》篇那个故事里，孔子使子路问津就没有得到回答。我们把这里孔子说的一系列话与“吾非斯人之徒与而谁与”联系起来，知道入世是带有沉重感的。

讲到入世，不是说来到世上就完事大吉，没有这么简单，他还要在这世上活下去；也就是说入世对一个人来讲是个贯彻终生的行动。孔子很重视这个“行”：

“子贡问君子，子曰：‘先行其言而后从之。’”(《为政》)

“子曰：‘君子欲讷于言而敏于行。’”(《里仁》)

所以他的哲学可以说是一种行动的哲学。“仁”在孔子那里是个最重要的题目，但是《子罕》篇云：

“子罕言利与命与仁。”

这是因为仁是为行动标定的一个方向，仁要做出来才是仁，不是谈一谈就行了的。孔子不习惯也不愿意停留在单纯的思辨上，《卫灵公》篇载有他此方面的自述云：

“子曰：‘吾尝终日不食、终夜不寝以思，无益，不如学也。’”

对孔子来说，入世虽然是先领了一个前提，未免是被动的，但入世作为一种行动，他则更强调其主动性。孔子最关心的问题是做什么和怎么做，在他看来这一切都应该在自己的把握之中，他是以这样的态度把生命投入这个世界的。即如《子罕》篇云：

“子曰：‘譬如为山，未成一篑，止，吾止也；譬如平地，虽覆一篑，进，吾往也。’”

一部《论语》，讲的其实只是孔子如何入世这一件事；孔子入世，他是抱定了一个宗旨。《八佾》篇云：

“祭如在，祭神如神在。子曰：‘吾不与祭，如不祭。’”

我觉得这里“祭神如神在”几个字就是孔子入世的宗旨。这不是孔子自己说的，《扪虱新语》谓此乃古语，我倒认为袭古也好，创新也好，这是《论语》作者形容孔子的话，就像“入太庙，每事问”一样。张岱《四书遇》云：

“王浚问卢裕曰：‘祭神如神在为有神耶。无神耶。’答曰：‘有神。’曰：‘有神当言神在，何以言如。’此语最微。‘如’者，吾之精神着之也。”

这话说得很是精当。还可以参见朱熹《四书章句集注》：

“愚谓此门人记孔子祭祀之诚意。”

所以这里所揭示的只是要取那么一种人生态度，如果斤斤计较于到底是有神还是没神，即如《阳货》篇云：

“子曰：‘鄙夫可与事君也与哉，其未得之也，患得之。既得之，患失之。苟患失之，无所不至矣。’”

这样的话，就什么都做不了；即使做了，也不会做好。是以朱子品味出一点诚意，而孔子确实是活的一个诚诚恳恳。神的问题原来不在孔子考虑的范围之内，即如《述而》篇云：

“子不语怪力乱神。”

他所考虑的是祭神这行动。如果“祭神”与否无从选择，那么“如神在”实在是能取的最好的态度，否则一切有为都失去了意义。这只是打的一个比方，可以扩及整个人世。

“祭神如神在”按张岱的意思，可以说是打起精神来面对人生；不然那么沉重、那么不容易的事情，我们如何对付得了。对此子贡形容是“如切如磋，如琢如磨”，我从中感觉到的乃是苦滋味也。又如：

“子曰：‘人无远虑，必有近忧。’”（《卫灵公》）

“子曰：‘君子食无求饱，居无求安。’”（《学而》）

“在陈绝粮，从者病，莫能兴。子路愠见曰：‘君子亦有穷乎。’子曰：‘君子固穷，小人穷斯滥矣。’”（《卫灵公》）

“子曰：‘饭疏食饮水，曲肱而枕之，乐亦在其中矣。’”（《述

而》）

“子曰：‘君子谋道不谋食，耕也馁在其中矣，学也禄在其中矣。君子忧道不忧贫。’”（《卫灵公》）

这就是孔子眼中实在的人生；忧患、颠沛、灾祸、饥馑、贫穷……他都深深体会到了。但他同时还能体会到相反的那一方面，或者说是超越于这些之上的东西；而且他总是把这些冲突对立的成分撮合在一起。是何等痛苦，又是何等欢乐。在我看来，联系着这两者，并把它推向人生的全部历程的，也正是“祭神如神在”。

在《微子》篇的故事中，孔子还说了“天下有道，丘不与易也”的话，这表明他的入世是有着一个指向；也可以进而理解为活着本身不能成为活着的终极，须得有所升华。这个过程即是曾参所说的“慎终”。《里仁》篇云：

“子曰：‘朝闻道，夕死可矣。’”

《述而》篇则云：

“子曰：‘加我数年，五十以学《易》，可以无大过矣。’”

一是“可死”，一是“加我数年”，一反一正，说的是同样的意思；这最明确地揭示了孔子之入世到底意味着什么。“朝闻道，夕死可矣”，此乃以一日喻一生一世；因为要强调此事之不容易，他才这么说；就像在另一处他又强调这也不难，见《述而》篇：

“子曰：‘仁远乎哉，我欲仁，斯仁至矣。’”

“闻道”也就是孔子所常说的“仁”。《卫灵公》篇云：

“子曰：‘人能弘道，非道弘人。’”

可见并不是什么玄虚的东西。《雍也》篇中孔子说过“仁者先难而后获”，难也不离人生，获也不离人生，都是落实在入世之中的。

我们可以把“朝闻道，夕死可也”看作是孔子思想的归结处，“吾非斯人之徒与而谁与”指向这里，“祭神如神在”也指向这里；不标举“朝闻道，夕死可也”，“吾非斯人之徒与而谁与”就没有价值，“祭神如神在”就没有方向。

孔子也就是这样过了一生。我常想在这一生里，他到底得到了什么呢。也许什么也没有得到，或者说只得到了一种失落感：

“孔子曰：‘……隐居以求其志，行义以达其道，吾闻诸其语矣，未见其人也。’”（《季氏》）

“子曰：‘已矣乎，吾未见好德如好色者也。’”（《卫灵公》）

“子曰：‘甚矣吾衰也，久矣吾不复梦见周公。’”（《述而》）

“子曰：‘凤鸟不至，河不出图，吾已矣夫。’”（《子罕》）

也许他确实得到了什么，那大约是时时从失落感中振作起来继续活下去的精神支柱罢：

“子曰：‘三军可夺帅也，匹夫不可夺志也。’”（《子罕》）

“子曰：‘岁寒，然后知松柏之后凋也。’”（《子罕》）

“子曰：‘若圣与仁，则吾岂敢。抑为之不厌，诲人不倦，则可谓云尔已矣。’”（《述而》）

“叶公问孔子于子路，子路不对。子曰：‘女奚不曰，其为人也，发愤忘食，乐以忘忧，不知老之将至云尔。’”（《述而》）

所以无论如何，孔子还是快乐的；大概那也就是“闻道”的快乐。

［附记一］前些时写信给一个朋友，其中有几句话似可作前文的补充：

刻下所关心的哲学只有一种，就是关于如何活下去的哲学。在人间活下去要同时具备两个条件，缺一不可：一是自己要活，一是别人让你活；可是对别人来说你也是别人，那么就是你要让别人活。自己活一般说来不成问题，让别人活就得有些克制，或许还要做点什么，古往今来这似乎都是一件非常困难的事情。从这个意义上讲，“克己”也应该说是“仁”的最基本的含义。孔子七十从心所欲不逾矩，从心所逾自己活也，不逾矩也让别人活也，于人于己，说到底就是这么一个人之常情。

[附记二]《关于孔子》初稿写在三年前，内尚有一节云:

经常看到有人在玻璃板下压着郑板桥写的“难得糊涂”，还有人戴着刻有这几个字的纪念章。板桥的字画我看的不多，他的诗文集我是读过的，这句话确是说出了人间的最大悲哀，但却不是人人道得，至少糊涂的人就不行。“难得糊涂”与“祭神如神在”看似冲突，其实在深一层上说的是一回事，只是出发点不同，还是出世与入世的区别，连带着也就有悲观与乐观的区别了，悲观还是乐观的事情我不想谈，出世与入世的事情本不必谈，只是寒斋的西墙上至今还是不想挂板桥的法书也。

一九九四年九月三日

谈癖好

张潮著《幽梦影》中有一节很是有名，经常被人称引：

“花不可以无蝶，山不可以无泉，石不可以无苔，水不可以无藻，乔木不可以无藤萝，人不可以无癖。”

老实说《幽梦影》不是我喜欢的书，这一节话尤其不为我所喜欢，因为迹近标榜。凡标榜的事情我都不免有些反感。譬如说做文人罢，如果于写写文章之外非得在打扮服饰言谈举止上显出与他人有何不同来，那么这样的文人我便不要做了。谈到癖好也是如此，这本是自然而然，不是当作标志做出来给人看的，仿佛贴在脸上的膏药一般。人可以有癖，与人不可无癖，其间自有一个区别也。

说来我自己亦有癖好：我好买书，买书好挑拣，买回之后于不如意处好修补，费时许久亦不为惜。前不久有一天天已黑了，时值深冬，我从书店出来，瑟瑟地捧着几本书，走在灯光昏黄、人迹稀疏的小巷，忽然想到我这癖好也是一种有为，也是生意使然罢。于是未免有些欢喜，反观自己，觉得这仅有的癖好也是弥足珍贵的了。

莫泊桑写过一本题为《水上》的日记，其中描述了船长贝尔纳的一个癖好：

“除了这点以外，他倒真是一个难得的好水手，事无巨细都不放过，哪怕厨房的铜器上沾了一点水也要马上擦干净。”

多年之后，蒲宁在他死的前一年专门写了一篇《贝尔纳》，重又提起此事，然后说：

“请问，贝尔纳一见到这滴水珠就立刻揩掉，能给他人多少好处呢？可他却立刻揩掉了。他为什么要揩掉呢，何以要揩掉呢？

“要知道，上帝是喜欢一切都‘好’的。他看到他的创造物‘非常之好’就会感到高兴。”

我不是浪漫主义者，但是这种对“好”的着意追求，这种细微之处生命的表现，是那么实实在在，丝毫也不张狂，无论这是癖好也好，不是癖好也好，都总是使我为之感动的。

德田秋声未完成的长篇小说《缩影》，在日本文学史上被誉为“天衣无缝、通体透明”的杰作，该书中译本后记介绍说：

“德田氏平生勤奋多产，文风严谨，可说做到了一字不苟的境地。晚年记忆力衰退，每当深夜写作，遇有记不清笔划的汉字，决不马虎以他词顶替，而要不辞老步蹒跚地登楼叫醒睡梦中的孩子讨教清楚而后已。”

这里一个字之于老年的德田就好比一滴水之于船长贝尔纳，他一定要把它搞得干干净净为止。这也可以说是一种癖好罢。德田秋声是尾崎红叶的门生，乃师亦有一事可以在此提及，见于吉田精一著《现代日本文学史》：

“这一年的六月三十日，他被宣告因患胃癌而只剩下三个月的寿命了，主治医生对他说：‘但愿这是我的误诊。’他得悉之后，还是雇车到丸善书店，以一百二十元的高价买了十册《世纪大辞典》。明知自己余生无几，却还要买这样一部巨型的大辞典，即使只能读一点儿也是好的。”

蒲宁在知道“我的有生之日已所剩无几了”的时候想到了贝尔纳，记录了他最后的一句话：“我认为，我曾经是个好水手。”并且说：

“我想，我作为一个艺术家，也赢得了这样的权利：在我生命结束的时刻讲一句类似贝尔纳临终时讲的那种话来评价自己。”

他这席话仿佛是代表所有投入自己的生命于追求“好”

的过程中的人们所说的。这就不是区区“癖好”一词可以概括的了。

一九九四年二月七日

谈心境

记得上大学的时候很多人读格拉宁所著《奇特的一生》，写的是科学家柳比歇夫的事，他可以最大限度地利用时间，无论是乘车还是开会，总能处在一种创作或发明的状态。在什么回忆录里看到鲁迅也说过哪里有天才，他只是把别人喝咖啡的时间用来写作之类的话。想到这些一方面觉得先贤真可景慕，一方面又每每有不可企及之感。对我们来说，喝咖啡的时间不喝咖啡自然可以，但未必就能写得出来东西，总还得要有那个心境才行，然而常常是没有。如此则鱼与熊掌兼而不得也。

僧惠洪著《冷斋夜话》有一节云：

“黄州潘大临工诗，多佳句，然甚贫，东坡、山谷尤喜之。临川谢无逸以书问：‘有新作否？’潘答书曰：‘秋来景物，件件是佳句，恨为俗氛所蔽翳。昨日闲卧，闻搅林风雨声，欣然起，题其壁曰：满城风雨近重阳，忽催租人至，遂败意。止此一句奉寄。’闻者笑其迂阔。”

这是很有名的故事，我们也只能在此为潘诗人一太息；不过我是不觉得这里有什么迂阔，或有什么可笑，想那惠洪虽以诗僧闻名，说穿了他还是不能体会写诗的人写不成诗的苦衷。好像人都是很脆弱的，什么都能把你的心境破坏，《义山杂纂》中“煞风景”、“不忍闻”诸条大率皆是此种干扰也。其实鲁迅于此正是深有所知，《彷徨》中有一篇《幸福的家庭》，写的是丈夫酝酿创作，而妻子在一旁与小贩为买劈柴而讨价还价，于是他就写不成；至于后来在《答北斗杂志社问》中说的“写不出的时候不硬写”，也是同一个意思的另一种说法而已。所以前述之柳比歇夫真可以“奇特的一生”来形容了。在托尔斯泰最后一年的日记里，也经常可以看见类似这样的话：

“活着，然而是恶劣的一天。所以恶劣是因为我仍然不振作，不工作。”

托尔斯泰是衣食无虑的人，尚且如此；说起来不免很佩服郊寒岛瘦，他们够多么穷苦，居然还能不断写出诗来。欧阳修《六一诗话》专门记其事云：

“孟郊、贾岛，皆以诗穷至死，而平生尤自喜为穷苦之句。

孟有《移居》诗云：‘借车载家具，家具少于车。’乃是都无一物耳。又《谢人惠炭》云：‘暖得曲身成直身。’人谓非其身备尝之不能道此句也。贾云：‘鬓边虽有丝，不堪织寒衣。’就令织得，能得几何。又其《朝饥》诗云：‘坐闻西床琴，冻折两三弦。’人谓其不止忍饥而已，其寒亦何可忍也。”

我们究竟需要有多么的坚强，才能像守住城堡似的为自己守住一个好的心境呢，即使是不写什么鸟文章也行。这大概不是无病呻吟，或自寻烦恼罢。自然并非要在此作什么“幸福论”，但我相信人世间的一切荣华富贵，归根到底还是抵不上一个好心境的。

翻开《论语》，起首一句就要让我们羡慕煞：

“子曰：‘学而时习之，不亦说乎。有朋自远方来，不亦乐乎。……’”

这是我们凡人可以体会得到的愉悦，虽然说起来是越来越难得了。遥想斯时，或许孔子正读《易》而韦编三绝，或许正作《春秋》而笔则笔、削则削，或许他什么也没有做，只是在那儿享受着一个好的心境罢了。

一九九四年二月九日

关于写信

我忘了有生以来第一封信是什么时候、写给谁、写了些什么了。说起来这个开端也许还很重要，因为写信在我们的生活中实在占着一个位置。一个识字的人一生中可以什么都不写，但要说没写过信那恐怕是很少的，即使是文盲还要请人代笔呢。这是因为写信有用处，有这个需要。在需要之外，还可以谈到兴趣，爱好，等等。我自己好像就很喜欢写信似的。

我们写信，倘使问候起居，多少希望知道一点结果；倘是报告事实，也希望了解对方的态度如何，意见又是如何。所以来鸿去雁，本是题中应有之义。我们写文章发表出来，偶尔也可以看到读后感一类文字，但那个是可遇不可求的，不比写信之有回信乃是必需。而且这与信本身写得好坏并没有什么关系。

《嵇康集》中有《与山巨源绝交书》《与吕长悌绝交书》，萨特写过《答加缪书》，也是绝交书一类，但是这封信最后有一段说：

“杂志对您是开放的，如果您愿意回答我的话，但是我，我不再答复您了。我说了您对我曾经是什么，您对我现在是什么。但无论您能够对我说什么和做什么，我拒绝反驳您。我希望我们的沉默将使人忘却这次论战。”

我倒觉得这里流露出来的是一种对对方回答的希冀，虽然话并不这么说。《知堂回想录》记载一九三一年胡适任北大文学院长兼国文系主任时，将老教授林公铎解聘，林氏不服，在《世界日报》上发表致胡博士的信，其中有“遗我一矢”之语，但胡适并不回答。现在想起来林氏的境遇实在是很悲惨的。

蒲宁去国后写的短篇小说《素昧平生的友人》，是专门讲收不着回信的痛苦的。小说由十六封信组成，但不似寻常的书信体小说，这些信都是由一个人写的。一个女儿已有十五岁的贵妇，家居无聊，读书度日，忽然起念给一个作家写信。她在信中讲述她的生活，倾诉她的感情，但始终没有收到回信，不管她是怎样恳求。她先是寄托全部希望，后来失望了，最后只是绝望。末尾一封信写道：

“永别了，我的从未谋面的朋友，我在结束这种有去无回的通信时，就如当初开始给您写信时一样——满怀感激之情。我感激您没有回答我。如果回答了我，反而不好了。何况您又能跟我说些什么呢？再说，一旦信来信往，我们又怎能毫不为难地中断通信呢？况且我除了已经跟您讲的外，还能向您讲些什么呢？我什么话也没有了，全都讲了。事实上，任何人的生活，只消两三句话就可以概括无遗的。啊，是的，只消两三句话。

“我此刻有一种奇怪的心情，仿佛我失去了什么人。从此又只剩下我一个人，同自己的家，同雾气腾腾的海洋，同秋天和冬天单调的生活作伴。……”

这篇小说我读了每每戚然不乐。我想世间竟有如此能体会人心的作家，蒲宁真是不朽。说来我并非给作家写情书之辈，平时朋友之间书信往来亦不可类比，但动如参商，天各一方，一点友情，总需要以相互呼应来维持罢，哪怕是寥寥数语，但报平安呢。因为大家毕竟谁也没有“只管耕耘，莫问收获”那般坚强。所以逢着给哪位写信如石沉大海，不见消息，是很感怅然乃至怨毒的。我的坏毛病又是一信不回，便无兴致再写二信，于是天长地久，朋友渐渐散失，有如风筝一一断了线，这真是令人遗憾之事。

一九九〇年七月十七日

记旅愁

在文学史上看到日本作家横光利一以近十年的时间写作长篇小说《旅愁》，未及完成，他就辞世了。横光是非常好的小说家，这也是个有意思的题目，什么时候能有人翻译过来让我们读读呢。辛稼轩词尝以“少年不识愁滋味”与“而今识尽愁滋味”相对照，我自己对此二者均说得上是经历过了，但是惟有旅愁还时时萦绕于心头。这实是我这些年因为谋生的关系不得不常当旅人之故，而旅愁这码事儿又与活过多少岁，曾经受过多少苦没有牵涉，“识尽”不得，盖非其他愁滋味可比也。

如今且说旅愁愁的是什么。衣、食、住、行，这些物质方面的不满足恐怕都在我们的愁烦之中，但我们也不免可以乐观地想它们早晚有一天都能够满足或者能够比较地满足罢，可旅愁未必就因此可以消除得去。它自另有一个生根之处。大约此中意思即如唐人诗句所形容：“劝君更进一杯酒，西出阳关无故人。”说来故人之情，表现出来也只是彼此多干一杯而已，是那样的恬淡，然而对于心灵的慰藉却不是别的什么能够替代了的。我们去到异地，“有点什么”的恐怕不在路的陌生而在人的陌生，没有人可以谈点什么；再就是陌生人的生活我们不能进入——特别是走在街上望着那一扇扇亮着的窗户的时候。倘是在外国，再有一重语言上的障碍，就更是如此了。记得第一次到巴黎的时候，晚上一个人坐在塞纳河边，灯光明灭，水流不已，在那种纸醉金迷的气氛里，真有一种凄清之感，我就想这又是旅愁罢。

有时我想起去到国外的友泽兄，他走了好几年了。过去我与他有过八载的交往，刚认识他时我作有题为《朋友》的诗，是纪念难得的一番交情。后来我写《如逝如歌》可以说是心中无人，但倘若有人的话，那也就是他罢。那时我们时常在一起谈些诗什么的，可有一回他来信说现在也难得有人能够交谈。我知道他原是需要交谈的人。手边有封回信的抄稿，写在忽然接到他的一个长途电话之后，其中有一节云：

“……听到了你的声音，那么近，好似仍是从你家附近那个公用电话打来。恍惚中觉得你没走。但迅即醒悟过来：隔绝我们的除空间之外还有时间。空间可以拿若干万里界定了，永远是那么多；时间却遥遥地推向无穷。这个太可怕了。记得有一次路过白塔寺，站住了脚，想走过去看一眼你的旧居，然而终于不忍。”

却说“不忍”又将如何呢，还不是一个人独自回家去。所以不忍说到底也还是忍。“劝君更尽一杯酒”，不也是很无力么。只要人在旅途，旅愁就无可消除；无可消除，我们也不能因此就不再东奔西走，隔绝故人。

友泽兄有一两年没有音讯了，去信亦不见回复；我希望他活得好。从前我们谈论过庄子，庄子以旷达名，其实他于人生体会得最深不过，不然他何以道出“旧国旧都，望之畅然”来呢，此八个字自有一丝儿辛酸味，不知世人是否省得。在《徐无鬼》篇中更有一节，说的是人生之旅愁了：

“庄子送葬，过惠子之墓，顾语从者曰：‘郢人垩漫其鼻端若蝇翼，使匠石斲之。匠石运斤成风，听而斲之，尽垩而鼻不伤，郢人立不失容。宋元君闻之，召匠石曰：尝试为寡人为之。匠石曰：臣则尝能斲之。虽然，臣之质死久矣。自夫子之死也，吾无以为质矣，吾无与言之矣。’”

一九九四年九月九日改

三思而后

前几天与家母闲聊，我说古人有所谓“三思而后行”，我有时候倒觉得应该是“三思而后不行”。家母说那又何必三思呢，不思不行就是了。我说这似乎有背于笛卡尔“我思故我在”的教诲罢；但转念一想倒也未必，因为“我思故我在”这里面只说到我而已，并没有别人什么事。一有别人，这个“在”就不一样，甚至可以说连“我在”都谈何容易。所以张爱玲不到二十岁就饱经沧桑似地感慨道：

“在没有人与人交接的场合，我充满了生命的欢悦。”

我有时候“我思”——反思自己，觉得若论本性恐怕还是庄子一路，要说志向则越来越想追随《论语》里的孔子，但是说实在的，老子韩非那一套我多少也会一点儿，只是须得“克己”，提防它流露出来，因为这个并不好。《庄子》

从前细细读过，《大宗师》篇云：

“泉涸，鱼相与处于陆，相呴以湿，相濡以沫，不如相忘于江湖。”

这个意思其实于我总感到是一种归去来兮的诱惑，但我是活在人世，不可避免要与人打交道，所以觉得应该把这个交道打好。阮元《论语论仁篇》云：

“凡仁必于身所行者验之而始见，亦必有二人而仁乃见。若一人闭户齐居，瞑目静坐，虽有德理在心，终不得指为圣门所谓之仁矣。”

这个意思看来虽很简单，但是显得特别结实。要做到如此或许也不难罢，虽然真要做件算得上是件事的事情也需要有条件；予何人哉，“三尺微命，一介书生”，平日还是有负于人之处居多，但有时好不容易得了个机会，却每每是吃力不讨好的结果，投之以仲尼，报之以老韩。说起来吃力也就罢了，不讨好则未免于心不甘——架不住自己身上还有庄子那一面呢。这种事冒昧地引《无能子》的话就是：

“君子能仁于人，不能使人仁于我。”

我常想人活到现在这个时候真是什么都想做，什么也都做得了，但就是人与人之间这档子事总也做不好。周作人尝刻有一枚印章，其文曰“知惭愧”，这或者太深奥了为人所不解，咱们替之以一句大白话罢：“识抬举”。人对人好一点儿虽是应该，但眼下说来却甚是不易——说实话有什么好事是来得容易的呢，恐怕还是应该珍惜一点儿。也许是经历不同的缘故，反正我自己一向是有如曾子那样，活的一个“战战兢兢，如临深渊，如履薄冰”，人家给我一点好处，我真是很感念不已：说到人乃至人与人之间的事，好像还是周作人在《中国的思想问题》中讲的有些道理：

“他与生物同样的要求生存，但最初觉得单独不能达到目的，须与别个联络，互相扶助，才能好好的生存，随后又感到别人也与自己同样的有好恶，设法圆满的相处，前者是生存的方法，动物中也有能够做到的，后者乃是人所独有的生存道德，古人云人之所以异于禽兽者几希，盖即此也。”

说着说着也就露馅儿了，原来咱家还做不了南华真人的徒弟。记得《庄子·秋水》云：

“庄子钓于濮水，楚王使大夫二人往先焉，曰：‘愿以境内累矣。’庄子持竿不顾，曰：‘吾闻楚有神龟，死已三千岁矣，王巾笥而藏之庙堂之上。此龟者，宁其死为留骨而贵乎，宁其生而曳尾于涂中乎。’二大夫曰：‘宁生而曳尾涂中。’庄子曰：‘往矣，吾将曳尾于涂中。’”

若他老人家是于现世全无指望，即使给他好处他也不要也。

一九九四年九月六日

幽默感

张爱玲的长篇小说《十八春》在《亦报》上连载的时候，周作人也在为这张报纸写随笔，其中有一篇谈到张著，说：

“《十八春》第十章之八中有云：‘石翠芝这人是一点幽默感也没有的，你去逗着她玩，她不要认真起来才好。’这是一句很平常的话，……可是我就觉得很有意思。我自己是最怕没有幽默感的，这好像是从前的红头火柴，用手指一拈便有硫黄气，不小心时就会嗤的爆了起来。”

在《十八春》里，没有幽默感乃是石翠芝这个人物的基调，同在第十章中还有一句话：

“世钧讨了个没趣，惟有自己怪自己，明知道翠芝是一点幽默感也没有的，怎么又忘了，又去跟她开玩笑。”

可是小说一直写到一九四九年以后，须得给人物安排一个理想结局，于是石翠芝的性格遂离开了自己的轨迹。后来张爱玲将此书改为《半生缘》，把“十八春”减成十四年，重新写过结尾部分。今年春节我有几天余暇，把这两本书逐字逐句对照着读了一遍，发现改动的篇幅不算太多，但《半生缘》比《十八春》完整多了。

如今且来看看所谓幽默感到底是怎么回事。从张爱玲的话里知道这原是有两方面，一是“出”，有所表现；一是“入”，对对方的理解并做出反应。幽默感当然是智慧，而且会得产生轻松愉悦的效果，但这其实是有一个基础。纪伯伦在《沙与沫》里讲：

“幽默感是一种分寸感。”

人与人相处之时，此种分寸感大约即是指他们之间保持着怎样一个恰当的距离罢。距离过大，过小，都是没有智慧的表现。前者有如石翠芝，冷冷地拒人于千里之外；与此相反的那一方面的例子，我想起梁实秋在《谈闻一多》中说过的：

“还有他的从前的学生陈梦家也是他所器重的。陈梦家是很有才气而不修边幅的一个青年诗人，一多约他到国文系做助教，两个人颇为相得。……有一次一多写一短简给他，称之为‘梦家吾弟’，梦家回称他为‘一多吾兄’，一多大怒，把他大训了一顿。”

《论语·阳货》云：

“子曰：‘唯女子与小人为难养也，近之则不孙，远之则怨。’”

此语大为后人所诟病。倘去除其中轻视妇女等意思，用来说没有幽默感倒是很合用的。若陈诗人可谓“近之则不孙”罢。近与远都是一样的令人无可奈何。怪得庄子要说“相呴以湿，相濡以沫，不如相忘于江湖”的话。他老人家太潇洒，咱们及不上，那么就希望彼此能处得好一点儿，不要“难养”，也就是说能有一点幽默感，远而不致隔膜，近而不致相欺，虽然这本是“天命之谓性”的事情，没有法子强求。降格求之，可以说是客气一些罢，但这个也要对方能够理解才行，俗话说就是“识相”。要不然幽默感竟成了孤独的根源了。

张爱玲自是绝顶聪明，于幽默感以及没有幽默感深有体会焉，所以著《十八春》之前好几年已经在《论写作》里写了下面一节：

“《笑林广记》里有一个人，专好替人写扇子。这一天，看见朋友手摇一把白摺扇，立刻夺过来要替他写。那朋友双膝跪下。他搀扶不迭道：‘写一把扇子并不费事，何必行此大礼？’朋友说：‘我不是求你写，我是求你别写。’”

一九九一年四月十七日

[补记] 旧日记本里夹着一张字条，可作此篇补遗：

“幽默感是一种分寸感”，针对的本是言者一方；至于听者一方，则可以说是一种领悟力罢。“幽默感”往往与“开玩笑”分不开，《十八春》里的石翠芝，别人跟她开不得玩笑，她自然也不会跟别人开玩笑。我们常说一个人有意思，就是指的有幽默感，会开玩笑——分寸总是恰到好处，绝不过分；同时他也懂得别人在开玩笑，而且能马上悟得其中微妙之意。幽默感其实是存在于彼此之间的一种氛围。与此相反的是“无趣”：一方面，对别人的玩笑动辄当真，弄得大家都不舒服；另一方面，乏味，讲不出一句有趣、轻松、能起调剂作用的话。幽默感是无论如何也装不出来的。无趣之人若非得冒充有趣就更令人尴尬，因为除了他自己开玩笑这行为可笑，所开的玩笑一点儿都不可笑。

二〇一八年三月三日

我与自然

每日下班乘地铁回家，有些时间可用，因带一册书在车厢里读。正在读的是日本画家东山魁夷的随笔集《与风景的对话》。起初尚不经意，及读至这一节：

“抛弃寻找作画题材的欲望，只是一心一意地静观时，却能遇到这样的风景，好像自然在悄悄地对我说：画我罢。那毫不足奇的一幕抓住了我的心，使我停住脚，打开了写生本。”

借用东山的话，正是“抓住了我的心”罢：这里的感觉实在很好，很准确；对我来说更有一份亲切，仿佛睽别已久的东西又复回到身边了。我也曾是与山水风景十分相得的人，只是久居都市，未免有些隔绝。虽然我们没准儿也能有机会到北戴河度假，或者坐游轮看看三峡，但都是点缀而已，所谓大自然也者，实际上已不能真正构成现代生活的一部分，也很难再发生什么影响了。

大约在十七八年前，王维、孟浩然一派的山水诗我看了不少，夸张点讲，差不多是受过这方面的教育；后来我自己也写一些。现在偶尔翻翻，幼稚自然是幼稚，但还是不愿意一下子就都丢进字篦里去，那种心境很是难得。这可以说是继承了一个久远的传统，作为东方人，一向是很关注人与自然的关系的。

因为东山魁夷的话，我重新记起从前读过的很多诗，那些纯粹的山水诗不必说了，有些兴趣的是并非山水诗而写到山水的两首唐人绝句。一首是贾岛的《寻隐者不遇》：

“松下问童子，言师采药去。只在此山中，云深不知处。”

另一首是柳宗元的《江雪》：

“千山鸟飞绝，万径人踪灭。孤舟蓑笠翁，独钓寒江雪。”

贾岛的诗可以说是写了一个人向着自然逐渐消融自我的心理历程；而在柳宗元的诗中，人格是从自然之中凸现出来，在深的层次上，人与自然是冲突着的。这里正好是两种不同的路数。《江雪》应该说更接近于儒家的意思，这似可追溯到《论语》中的“知者乐水，仁者乐山”，虽然孔子的愉悦达观已经一变为柳氏的孤傲清高了；《寻隐者不遇》则全然是庄禅一路。一种诗写的是“有”；一种诗写的是“无”——

“无”就是消除了界限区别，或者借用川端康成在《我在美丽的日本》中说的：

“灭我为无。这种‘无’，不是西方的虚无，相反，是万有自在的空，是无边无涯无尽藏的心灵宇宙。”

谈到东方传统所理解的人与自然的关系，比较起来，应该说这更是主要的一方面罢。

贾岛的绝句还可以理解为写的是得道的过程。《庄子》也是我花精力读过的书，构成庄子哲学核心的“道”，究竟是什么呢。并不是先天地而生的一物，也不是某种观念，道与天地万物同在，体现于天地万物，是人以自然为参照物而得的体会，那么一种自然状态，就像鹄不日浴而白，乌不日黔而黑，太阳东升西落，百川流归大海一样。这当是最高的境界了。讲到这些似乎并没有什么神秘，所谓神秘的说法，到底还是隔了一层。

不过在庄子看来，这个称作“道”的自然状态，于人世间是难以体会的，因此须得拿自然做个参照物，是以山水之类总得到人的关注也。大概正因为如此，文学史上才有那么多的山水诗，即使是别的诗也常常写到山水。体会到了这个自然状态；也就是去除了人世间的矫情饰伪，“天人合一”云云，说穿了乃是“人合于天”——也就是所谓“无”罢。

前面提到山水诗，不妨再多说几句。山水诗虽然很多，算得上是诗的一类，但我仿佛不曾记得有人对什么是山水诗做过界定；如果循着刚才的思路，就不能讲凡写到山水的诗都该算作山水诗了。真正的山水诗，就像山水画，应该说是没有人的；有人的话，也与诗中的一山一水一草一木类似，同是一物而已；人的情怀，只能是与山水所固有的气氛相一致的。倘若把山水人格化，或是将其作为情感投注乃至宣泄的对象，都不能说是真正的山水诗。或者要说山水乃是诗人眼中之山水，他既然写它，怎能说是没有人呢，其实他把山水写成诗，也就是把自己同化于其中了。山水诗在古诗中一直占着重要的位置，不仅仅因为诗的内容反映了“人合于天”，写诗本身就是一个人合于天的过程。

所以对我们来说，写山水诗其实是很难的，就是过去这类诗也未免写得有些滥了，达到自然状态从来也不是容易的事情。“返归自然”是现代人很流行的观念，与之相近的是曾经提出过的“寻根”罢，这就社会而言恐怕并非可能，若是个人的行为则嫌太刻意，而且以自然为终极目的，我也不以为就是得道的方法。向秀、郭象注《庄子》，有一节话很得庄子神髓：

“所谓无为之业，非拱默而已；所谓尘垢之外，非伏于山林也。”

我曾给一个朋友写信，是在将近七年之前，其中有一节当时觉得还有点意思，顺手抄了下来，不妨再在这里抄一遍罢：

“我一向对于蛮荒、原始的东西无大兴趣，现在依然如此，我不会像人家那样到乡下或边远地方去寻根。我并不一般地厌恶文化，我只是觉得文化确在它的历史中被搞坏了，有了个偏颇的积累。并不是说前文化一定就优越于文化；文化中也有一种与前文化相通的东西，这不是自然性，而是自然状态。这个自然状态，也就是大自在，无拘束，没遮拦，其实是最根本的东西。达到了自然状态，无拘古今，无拘繁华荒芜，进入文学艺术都可以臻于极境。但是，多少年来由文化本身派生出来的种种修饰（当然这也为文化所需要）反而把文化压倒了，这种修饰反倒成了主体，于是文化完全是为了赢得某种效果而存在，这真是一个大谬误。要达到的那个自然状态，乃是基于创造者创造时的自然状态的。认准了这个方向，就可以在文化中作尽文章，而不必去管那个前文化了，什么野蛮呀，愚昧呀，与我又是何干。”

李商隐有一首题为《乐游原》的很有名的诗：

“向晚意不适，驱车登古原。夕阳无限好，只是近黄昏。”

寥寥二十个字，委婉曲折地写了他是如何想摆脱现实的烦恼，在自然里求取慰藉，又是如何得不到这种慰藉，反而陷入到更深的烦恼之中。其实这在《庄子 · 知北游》里早已假借孔子的口说过了：

“山林与，皋壤与，使我欣欣然而乐与，乐未毕也，哀又继之。哀乐之来，吾不能御，其去弗能止。悲夫，世人直为物逆旅耳。”

只不过这个我们总想返归回去的自然对玉谿生拒绝得更厉害一点儿就是了，然而此种境遇恐怕也不仅仅是为他们二人所独有罢。

一九九四年二月十三日

故乡的话题

故乡成为一个话题由来已久。《庄子·则阳》云：

“旧国旧都，望之畅然。虽使丘陵草木之缗，入之者十九，犹之畅然；况见见闻闻者也，以十仞之台县众闲者也。”

从丘陵草木中隐露一角到巍峨高台矗在人堆儿里，仿佛是越走越近；此语又深合王夫之所谓“以乐景写哀”，满是离人愁绪。然而这是眼中实景，抑或仅仅是想象中事呢，以我的理解似乎更倾向于后者，就像《诗经·卫风·河广》所说：

“谁谓河广，一苇杭之。谁谓宋远，跂予望之。”

关于故乡，《全唐诗》载刘皂《旅次朔方》一诗云：

“客舍并州数十霜，归心日夜忆咸阳。无端更渡桑乾水，却望并州是故乡。”

周作人《故乡的野菜》中有一段话，可以看作是对此诗的诠释：

“我的故乡不止一个，凡我住过的地方都是故乡。故乡对于我并没有什么特别的情分，只因钓于斯游于斯的关系，朝夕会面，遂成相识，正如乡村里的邻舍一样，虽然不是亲属，别后有时也要想念到他。”

这里话说得很恬淡，却自有一种绵绵不可断绝的情感，正是淡中愈见其浓也。这也就是《后汉书·郎顗襄楷列传》所说的“浮屠不三宿桑下，不欲久生恩爱”的意思罢。但是虽有这个情分，却也不能不割舍去，不能不浪迹天涯，离乡背井——说起这个词儿我总觉得多有慈悲的意味，许是因为特别提到了“井”罢，这已不是一个欣赏的态度，而有些休戚相关了。

大概那种要返回故乡的愿望正是由此而生。举个例子，可以说“望帝春心托杜鹃”。此事史籍多有记载，《说郛》录《太平寰宇记》虽晚出，然稍详细些：

“望帝自逃之后，欲复位不得，死化为鹃。每春月间，昼夜悲鸣，蜀人闻之曰：‘我帝魂也。’名杜鹃，又名杜宇，又号子规。”

历史上吟咏故乡的诗文甚多，几乎成了专门的题材，然而所着眼的尽是羁旅的愁苦无奈，以及对故乡的种种思念，描述回乡情景的却不多见，前引庄子之语即使是写实的，也只是写到“望之”而已。

贺知章倒是写过一首题为《回乡偶书》的诗：

“少小离家老大回，乡音无改鬓毛衰。儿童相见不相识，笑问客从何处来。”

作者当然另有寓意，这且不谈；然而他回到的故乡，却也并非他所一向期待着的那个怀抱了。这种陌生感大约是其始料不及的。陶潜《搜神后记》亦记有一事，与此颇有相通之处：

“丁令威，本辽东人，学道于灵虚山。后化鹤归辽，集城门华表柱。时有少年，举弓欲射之。鹤乃飞，徘徊空中而言曰：‘有鸟有鸟丁令威，去家千年今始归。城郭如故人民非，何不学仙冢垒垒。’遂高上冲天。今辽东诸丁云其先世有升仙者，但不知名字耳。”

虽是志怪小说，故乡的拒绝则更令人伤心。兴许庄子“旧国旧都，望之畅然”就继以“相见不相识”；而此处的一只鹤，即是望帝化身而成的啼血溅泪的杜鹃呢。但要是说故乡永远回不去了，它只是一处想象中的所在，而思乡的旅人永远只是走在回乡的路上——如此说法又未免是太过残酷一点儿了罢。

明末张岱在《〈西湖梦寻〉自序》里另外讲了一个他自己回乡的故事，他生当国破家亡之时，自然是别有一番境遇了：

“余生不辰，阔别西湖二十八载，然西湖无日不入吾梦中，而梦中之西湖，实未尝一日别余也。前甲午丁酉两至西湖，如涌金门商氏之楼外楼，祁氏之偶居，钱氏余氏之别墅及余家之寄园，一带湖庄，仅存瓦砾，则是余梦中所有者，反为西湖所无。及至断桥一望，凡昔日之弱柳夭桃，歌楼舞榭，如洪水湮没，百不存一矣。余乃急急走避，谓余为西湖而来，今所见若此，反不若保吾梦中之西湖，尚得完全无恙也。”

对于张岱来说，“梦中之西湖”真有如生命之可珍贵，为了保住这个梦，他就不能不再度走上流亡之路。然而这时他的梦中，西湖恐怕未必还是原来的样子；在他新的流亡路上，再要找到什么可以作为安慰的也不是件容易的事了。当然在旅人的心中，或许总有那么一个最好的位置留给这故乡之梦罢，这是旅人永恒的悲哀，也是故乡永恒的美之所在。

东山魁夷的《与风景的对话》多次讲到旅行。这本书一上来就问：“旅行，对我来说，它意味着什么呢？”毫无疑问在作者眼中这正是人生的象征，所以他把故乡叫做“经常寻觅的心灵安歇之处”。川端康成在所写书评中显然是将此视为彻悟的表现了：

“他把旅行当作人生和艺术，把流转无常视作人的命运，于是把孤独与忧愁也埋藏在内心底里。”

我想起《景德传灯录》所记慧能大师与弟子们的对话：

“众曰：‘师从此去，早晚却回。’师曰：“叶落归根，来时无日。’”

我很喜欢这句话；六祖真是对于人生再洞达不过的人，何况说得又是那么有情。

一九九四年二月十七日

重读《变形记》

卡夫卡的全部艺术在于使读者不得不一读再读。

——阿尔贝·加缪

这回留心的是过去不大留心的地方。人变虫——《变形记》概括起来就是这句话；但是如果细细推敲，未必如此简单，还有一些问题。比方说，其中有什么是没变的，好像这就很有趣似的。

变成一只大甲虫的格里高尔·萨姆沙之外的一切都没有变：还是那个环境，还是那个生存的背景。在他刚刚发现自己变形之后，小说描写道：

“他的房间，虽是嫌小了些，的确是普普通通人住的房间，仍然安静地躺在四堵熟悉的墙壁当中。在摊放着的打开的衣料样品——萨姆沙是个旅行推销员——的桌子上面，还是挂着那幅画，这是他最近从一本画报上剪下来装在漂亮的金色镜框里的。画的是一位戴皮帽子围皮围巾的贵妇人，她挺直身子坐着，把一只套没了整个前臂的厚重的皮手筒递给看画的人。

“格里高尔的眼睛接着又朝窗口望去，天空很阴暗——可以听到雨点敲打在窗槛上的声音……”

这里写到窗外，《变形记》的故事一直到格里高尔死为止都是局限在那所住宅内，窗外始终是隔绝的，但这种隔绝乃是表现为一切照常，仿佛什么事情都没有发生过似的。以后小说又几次写到窗外：

“他竭力集中眼光望向窗外，可是不幸得很，早晨的浓雾把狭街对面的房子也都裹上了，看来天气一时不会好转……”

“街上的电灯，在天花板和家具的上半部投下一重淡淡的光晕，可是在低处他躺着的地方，却是一片漆黑。”

“有一次，是在清晨——急骤的雨点敲打着窗玻璃，这大概是春天快来临的征兆吧……”

晨昏依旧交替，时序也依旧流转。直到最后他死的时候，这世界还是老样子：

“他陷在这样空虚而安谧的沉思中，一直到钟楼上打响了半夜三点。从窗外的世界透进来的第一道光线又一次地唤醒了他的知觉。接着他的头无力地颓然垂下，他的鼻孔里也呼出了最后一丝摇曳不定的气息。”

至于室内，也没有在萨姆沙发生变化的同时发生任何相应的变化。不错，以后他的家人把房间重行布置，但这是为了适应他的变化而发生的变化，乃是在情理之中。至于这种调整对格里高尔发生了什么影响，那是另外一回事。

格里高尔家人对他的态度逐渐发生变化一向为论家和读者所注意，但我却觉得这种变化原来是以常人的逻辑进行的，无论从情从理两方面都是如此。从这里我看出其不变的地方，也就是说，他们都是正常人，作为正常人他们并没有什么变化，父亲的震怒也好，母亲的哀怜也好，妹妹开始的柔情和后来的绝情也好，都是具体情景中正常人的反应。正如小说中写到的那样：

“世界上要求穷人的一切，他们都已尽力做了：父亲在银行里给小职员买早点，母亲把自己的精力耗费在替陌生人缝内衣上，妹妹听顾客的命令在柜台后面急急地跑来跑去，超过这个界限就是他们力所不及的了。”

情景逼到如此，所以妹妹最后才说出那番话：

“你们一定要抛开这个念头，认为这就是格里高尔。我们好久以来都这样相信，这就是我们一切不幸的根源。这怎么会是格里高尔呢？如果这是格里高尔，他早就会明白人是不能跟这样的动物一起生活的，他就会自动地走开。这样，我虽然没有了哥哥，可是我们就能生活下去，并且会尊敬地纪念着他。”

如果设身处地替人物着想一下，恐怕就不会说这是冷酷的表现；甚至格里高尔死后他们觉得松了口气都是可以理解的。整个体系中其实只有一部分出了毛病，其余依旧按照本来的规律发展，这部分与其余之间产生一种愈来愈背离的关系，这就是荒诞，这种荒诞使得整个体系都乱了套了。格里高尔全部的生存背景都没有变，只是他自己变了，于是在这背景下他就不能继续生存。世界没变，人变了。

所以所有事情都是出在格里高尔身上。小说一开始就写道：

“‘我出了什么事啦？’他想。这可不是梦。”

他的形象、声音、饮食习惯、生活方式等等都变了，变得就像一只甲虫；但是还是有一样东西没有变，就是使得他能够提出“我出了什么事啦？”这样一个问题的那个东西：他的理性。格里高尔变成了一只虫子，但他始终保持着一个人的理性。“这可不是梦。”这是他做出的第一个判断；以后对于事态的发展，对于自己的处境，简而言之，对于现实，以及他所应该做和能够做的反应，他都是清楚的，例如：

“格里高尔不知道如何才能摆脱这种荒唐的混乱处境，他就再一次告诉自己，呆在床上是不行的，最最合理的做法还是冒一切危险来实现离床这个极渺茫的希望。可是同时他也没有忘记提醒自己，冷静地、极其冷静地考虑到最最微小的可能性还是比不顾一切地蛮干强得多。”

“而另一部分时间里，他一直浸沉在担忧和渺茫的希望中，但他想来想去，总是只有一个结论：那就是目前他必须静静地躺着，用忍耐和极度的体谅来协助家庭克服他在目前情况下必然会给他们造成的不方便。”

“计划失败带来的失望，也许还有极度饥饿造成的衰弱，使他无法动弹。他很害怕，心里算准这样极度紧张的局势随时都会导致对他发起总攻击，于是他就躺在那儿等待着。”

正是理性使然，他始终力求在不利的现实中找到一个支点乃至一条出路，进而试图改变这个现实：

“格里高尔刚要摸索可以支撑的东西，忽然轻轻喊了一声，身子趴了下来，他那许多只腿着了地。还没等全部落地，他的身子已经获得了安稳的感觉，从早晨以来，这还是第一次；他脚底下现在是结结实实的地板了；他高兴地注意到，他的腿完全听从指挥；它们甚至努力地把他朝他心里所想的任何方向带去；他简直要相信，他所有的痛苦总解脱的时候终于快来了。”

“为了锻炼身体，他养成了在墙壁和天花板上纵横交错地爬来爬去的习惯。”

“起初格里高尔在妹妹要来的时候总呆在特别肮脏的角落里，他的用意也是以此责难她。”

格里高尔理性的触角是伸向他的世界的所有角落。家人的所有行为都在他的观察和分析之中，例如在妹妹为他准备食物那一大段描写里，她细微的一举一动都被他细微地看到了；又如：

“格里高尔清楚地感觉到他父亲把葛蕾特过于简单的解释想到最坏的方面去了，他大概以为格里高尔做了什么凶狠的事呢。格里高尔现在必须设法使父亲息怒，因为他既来不及也无法替自己解释。因此他赶忙爬到自己房间的门口，蹲在门前，好让父亲从客厅里一进来便可以看见自己的儿子乖得很，一心想立即回自己房间，根本不需要赶，要是门开着，他马上就会回去的。”

“可是格里高尔很明白，对他的考虑并不是妨碍搬家的主要原因，因为他们满可以把他装在一只大小合适的盒子里，只要留几个通气的孔眼就行了；他们彻底绝望了，还相信他们是注定了要交上这种所有亲友都没交过的厄运，这才是使他们没有迁往他处的真正原因。”

由于现实越来越不利，理性就变得更强，以致超越于他的烦恼、他的处境之上，就连自己都成为他观察分析的对象了：

“他最担心的还是自己控制不了的巨大响声，这声音一定会在所有的房间引起焦虑，即使不是恐惧。”

“他很想知道，大家这么坚持以后，看到了他又会说些什么。要是他们都大吃一惊，那么责任就再也不在他身上，他可以得到安静了。”

“没有人会来看他了，至少天亮以前是不会了，这是肯定的，因此他有充裕的时间从容不迫地考虑他该怎样重新安排生活。”

“而他的伤口也准是已经完全愈合了，因为他并没有感到不方便，这使他颇为吃惊，也令他回忆起，一个月以前，他用刀稍稍割伤了一只手指，直到前天还觉得疼痛。‘难道现在我感觉迟钝些了？’他想。”

当公司的秘书主任来到格里高尔家时，小说有一段描写：

“‘他们不愿开门。’格里高尔怀着不合常情的希望自言自语道。”

这里“不合常情”最足以形容他这种高昂的理性。他曾经这样提醒自己：

“他现在最要紧的是保持清醒，特别是现在……”

他也自信他做到了：

“他完全明白自己是唯一多少保持镇静的人。”

但是他的理性落在非理性里了，理性不能够挽救他的命运。虫子有虫子的痛苦，人有人的痛苦；在格里高尔走向死亡的路上，他同时感受着两种痛苦：虫子的痛苦和人的痛苦。其实这种从不麻木的理性也正是他最大的痛苦，竟然保持到最后时刻：

“他怀着温柔和爱意想着自己的一家人。他消灭自己的决心比妹妹还强烈呢，只要这件事真能办得到。”

他的理性，他的感情，他的恐惧与绝望，都是在人这个正常范围内的。所以对于格里高尔来说也是这样：整个体系也只有一部分出了毛病，其余的也是按照本来的规律发展，其间也构成了一种荒诞。变了的只是他的状况，他的处境。

我们还可以再来看看格里高尔的“变”。关于为什么变，历来推测多了，变了形的主人公自己应该也想过，但他的结论是：“连原因都无法找寻的恶果落到了自己的身上。”现在已知道他的理性有多强，甚至超越了他的境遇，于是没法用“当局者迷”这句话来抹煞他。何况在卡夫卡看来，我们也未必就是“旁观者”；格里高尔到死都不明白的事情，我们又能“清”到哪儿去呢。

不如说说变意味着什么罢。当然变就意味着从一种状态进入另一种状态，对格里高尔来说，变意味着从人的状态进入虫子的状态——那也就是说，确实曾经有过人的状态，确实有过人这回事。去年我和一位朋友谈起或许可以给《变形记》写一个续篇，题目就叫“我曾经是人的时候”——其实卡夫卡在《变形记》中已多次写过了，格里高尔变成一只大甲虫之后多次回忆过那一去不复返的岁月。其中有苦涩的成分：

“别的推销员生活得像贵妇人。比如，我有一天上午赶回旅馆登记取回定货单时，别的人才坐下来吃早餐。我若是跟我的老板也来这一手，准定当场就给开除。也许开除了倒更好一些，谁说得准呢。如果不是为了父母亲而总是谨小慎微，我早就辞职不干了，我早就会跑到老板面前，把肚子里的气出个痛快。那个家伙准会从写字桌后面直蹦起来！他的工作方式也真奇怪，总是那样居高临下坐在桌子上面对职员发号施令，再加上他的耳朵偏偏重听，大家不得不走到他跟前去。”

也有愉快乃至自豪的成分：

“那时，格里高尔唯一的愿望就是竭尽全力，让家里人尽快忘掉父亲事业崩溃使全家沦于绝望的那场大灾难。所以，他以不寻常的热情投入工作，很快就不再是个小办事员，而成为一个旅行推销员，赚钱的机会当然更多，他的成功马上就转化为亮晃晃圆滚滚的硬币，好让他当着惊诧而快乐的一家人的面放在桌子上。那真是美好的时刻啊……”

甚至还混杂着甜蜜的憧憬：

“只有妹妹和他最接近，他心里有个秘密的计划，想让她明年进音乐学院，她跟他不一般，爱好音乐，小提琴拉得很动人，进音乐学院费用当然不会小，这笔钱一定得另行设法筹措。他逗留在家的短暂期间，音乐学院这一话题在他和妹妹之间经常提起，不过总把它当作一个永远无法实现的美梦；只要听到关于这件事的天真议论，他的父母就感到沮丧；然而格里高尔已经痛下决心，准备在圣诞节之夜隆重地宣布这件事。”

格里高尔对曾身为其中正常一员的人的世界充满怀念之情：

“他有时也集中全身力量，将扶手椅推到窗前，然后爬上窗台，身体靠着椅子，把头贴到玻璃窗上，他显然是企图回忆过去临窗眺望时所感到的那种自由。因为事实上，随着日子一天天过去，稍稍远一些的东西他就看不清了；从前，他常常诅咒街对面的医院，因为它老是逼近在他眼面前，可是如今他却看不见了，倘若他不知道自己住在虽然僻静，却完全是市区的夏洛蒂街，他真要以为自己的窗子外面是灰色的天空与灰色的土地浑然成为一体的荒漠世界了。”

“隔了这么久以后，他脑子里重又出现了老板、秘书主任、那些旅行推销员和练习生的影子，他仿佛还看见了那个其蠢无比的听差、两三人在别的公司里做事的朋友，一个乡村客栈里的侍女，这是个一闪即逝的甜蜜的回忆；还有一个女帽店里的出纳，格里高尔殷勤地向她求过爱，但是让人家捷足先登了……”

这些回忆满带着他那种须臾不能失去的理性。格里高尔就这样曾经是个人，他身上所有没变的都可以被认为是从人的状态遗留下来的东西，或者说是人性向着虫子之中的伸延，所以他不能接受这个突如其来的虫子的时代：

“他还记得过去也许是因为睡觉姿式不好，躺在床上时往往会觉得这儿那儿隐隐作痛，及至起来，就知道纯属心理作用，所以他殷切地盼望今天早晨的幻觉会逐渐消逝。”

“有片刻工夫，他静静地躺着，轻轻地呼吸着，仿佛这样一养神什么都会恢复正常似的。”

一度他也相信这状况能够改变：

“我现在景况十分困难，不过我会重新挣脱出来的。”

最后那个对他来说是致命的闯进起坐室的举动，正是一种为回归人性而进行的徒劳的挣扎，而妹妹的小提琴可以看作是代他奏的天鹅之歌了：

“格里高尔又往前爬了几步，而且把头低垂到地板上，希望自己的眼光也许能遇上妹妹的视线。音乐对他有这么大的魔力，难道因为他是动物吗？他觉得自己一直渴望着某种营养，而现在他已经找到这种营养了。他决心再往前爬，一直来到妹妹的跟前，好拉拉她的裙子让她知道，她应该带了小提琴到他房间里去，因为这儿谁也不像他那样欣赏她的演奏。他永远也不让她离开他的房间，至少，只要他还活着；他那可怕的形状将第一次对自己有用；他要同时守望着房间里所有的门，谁闯进来就啐谁一口；他妹妹当然不受任何约束，她愿不愿和他呆在一起那就随她的便；她将和他并排坐在沙发上，俯下头来听他吐露他早就下定的要送她进音乐学院的决心……”

格里高尔是一个变成虫子的人，他时时还不忘自己是人，或者曾经是人；但是他也永远不能再回到人；而且他只能像虫子那样去死，甚至不能像虫子那样活着。我想，或许可以说《变形记》是一部招魂之作。

一九九四年九月八日

卷二

窗子里的文学史

我们读一本书，尤其是喜欢的书，大概多少总希望了解一点它的地位如何，源流怎样，以及有关的背景情况等等，这其实已经进入到文学史的范畴了。听师长介绍，或与朋友交谈，可能也会提到这个。兴许还会找一两卷印成书本的什么文学史来看一看。所有这些大约反过来也要影响我们的阅读。《沧浪诗话》有云："学其上，仅得其中；学其中，斯为下矣。"虽然我们只是爱看看闲书，未必非得学点什么，但是正如庄子所说："吾生也有涯，而知也无涯，以有涯随无涯，殆已。"时间有限，总还是希望要读就读好书罢。

我开始想要读书的时候，书很难得，当时所了解的"好书"就更少了。我不知看过多少那会儿就已经是一钱不值的东西，可还是盼着能找到好的。有一次我在废品收购站觅得一册没头没尾的散文选本，所收乃是杨朔、秦牧、刘白羽等所作，这是当时大家知道的最好的散文家了，我真是很怀着些激动的心情去读它，我也就真的以为我是读到了天下最好的文章。至于多年以后真正让我为之折服的周作人、张爱玲两位，其一我只知其名，还是因为别的原因；其一则连名字也没有听说过。散文如此，诗与小说等大概说来也是相仿。现在想想差不多要说《庄子·秋水》里河伯对北海若说过的话了：

“今我睹子之难穷也，吾非至于子之门则殆矣，吾长见笑于大方之家。”

书读得多了些，慢慢儿地知道了不少过去不知道的东西，头脑中的一点文学史的观念也就随着不断地变化，再来看看现成的文学史方面的书，不免觉得有了好多隔阂。——好比一扇窗子，只看见窗外的一团树叶子，心想这就是顶好的树了，待到把窗子开大，原来还有一大片森林呢，其中乃自有挺拔参天者也。

鲁迅在《琐记》里讲过他初读《天演论》时的心情：

“哦！原来世界上竟还有一个赫胥黎坐在书房里那么想，而且想得那么新鲜？一口气读下去，‘物竞’‘天择’也出来了，苏格拉第，柏拉图也出来了，斯多噶也出来了。”

这里最要紧的当是对于一种新思想的接受，但我们爱读书的人体会更深的则是与之相关的别一方面，即视野的开阔。这使我想起《孟子·尽心上》所说的：

“孔子登东山而小鲁，登泰山而小天下。”

唐诗云：“会当凌绝顶，一览众山小”、“欲穷千里目，更上一层楼”，是登高方能望远也。不登东山就没有“小鲁”的眼界，不登泰山就没有“小天下”的眼界。当然在东山乃至泰山之上未必就一定能有那种伟大的胸襟和见识，这只是起始的一步，然而又是非走不可的一步，否则真如老子所说是“不出户，知天下；不窥牖，见天道”了，说实话对此我是不敢苟同的。

周作人一生都在不遗余力地抨击所谓“文起八代之衰”的韩愈，也正是为了打破旧有的文学史动辄就提“唐宋八大家”的框框。鲁迅在谈及小品文时特别标举出唐末罗隐、皮日休、陆龟蒙这几位来，其实也是在一种开阔的视野下才有的举动。

现在常听人说起“重写文学史”之类的话，有时我联想到《庄子·齐物论》里那个有名的故事：

“狙公赋芧，曰：‘朝三而暮四。’众狙皆怒。曰：‘然则朝四而暮三。’众狙皆悦。”

但是如果只有这么几个栗子可吃，恐怕不管怎么变花样也没有太大的意思罢。

一九九四年三月五日

谈才学

我的一点业余时间差不多都是用来读书。这几年偏好是在散文，特别是随笔方面。文章读得多了，渐渐学会放一副眼光去看，我是从“才学”上看文章的。所谓才学，其实是两件事：才是聪明，悟性，以及把这些很好地表现出来的本事；学也不光是书本上所得，凡天文地理，饮食男女，三教九流，草木虫鱼，一应知识皆是也。——坦率地说，无才无学，不爱看；有才无学，有学无才，也不爱看；看得入眼的是有才有学的文章。这理由也用不着多说，仅仅是抖搂聪明或提供材料，或者连这些都没有，又看它作甚。虽然自个儿偶尔写篇东西并达不到这起码的条件，作为读者总归是有选择的自由罢。

有才有学，固已不易，但有才有学也未必就是好文章了。

对一个人来说自然才与学两样儿都越多越好，具体表现在文章里却不免还要循“过犹不及”的古训。才与学要搭配得好，匀称。《论语·雍也》云：

“子曰：‘质胜文则野，文胜质则史，文质彬彬，然后君子。’”

这虽与我们所说不能完全对上号儿，但是意思就是这个意思。自恃有才，想方设法要让人家知道不可，究竟还是如扬雄所说的“雕虫小技”罢。《老子》所谓“明道若昧，进道若退”、“大音希声，大象无形”、“大巧若拙，大辩若讷”，都是在此方面标出一个最高境界。王弼注“大巧若拙”云：

“大巧因自然以成器，不造为异端，故若拙也。”

这即是说，不以表现自己那点才为目的，否则只是小巧而已，搞得不好弄巧成拙也未可知。用才如此，用学亦然。掉书袋以至于展览学问，也是一件令人讨厌的事。《庄子》讲“天地有大美而不言”，此之谓欤。

然而就算是有这个段数，能够收敛炫耀自我取悦对方的欲望，有节制地使用你的才学，恐怕还有一个高下之分。譬如说现在大家都很热衷的民俗文化，说实话我对此也颇觉得有趣，但这方面的随笔小品以及小说、电影、话剧之类，好像读罢观罢往往也只是知道了而已，要说满足一点猎奇的心理那是不错，但到底不觉得多么的有意思，看得多了也就不再爱看。表现民俗，要是以其本身为目的的话，不管怎么着也难免“浅尝辄止”之讥罢，虽然其中有学又有才，说不定还相得益彰呢。所以才学之上，大概还得有那么一个“识”统率着才好。

从前读张爱玲的《更衣记》，记得还很清楚，谈的是中国人服装的变迁，也可以说是表现一种民俗文化，看得出她在这方面厚实的学，以及她是多么会恰当地运用她的才，但并不是到此为止。她对所写的真有兴趣，同时又保持着她一贯的清醒，说得上是欣赏而不陶醉，或者说有如常写“草木虫鱼”的周作人是“赏鉴里混有批判”罢。这样也就可以穿透民俗文化看到深部的东西。说起来民俗乃是人的民俗，文化也是人的文化，反映的是人的种种喜怒哀乐，人的生活，人的境遇，人的命运。我们总是谈什么民俗，但这到底是哪一朝代的民俗呢，真的民俗一定是有着一个时代的背景。在张爱玲看来，民俗不是固定的东西，《更衣记》的“更”有一个意思就是变更，她是着眼于其流动之处。随着社会的变化，民俗也是旧的汰去，新的掺入，正是反映了这里面“人”的变化。

当然这也只是张爱玲的“识”而已；我们所说的这个识，其实未必就非得是拿着一样现成的思想去看什么，也许只是一段距离，一个视角，一处着眼点，或一种态度罢，反正是属于你自己的东西就是了。

一九九四年三月三日

“好话好说”

从前写过两篇谈文章的文章，现在重新找出来看看，觉得未免零碎，因惦记着再写一遍。可是忽然就想起平常大家都在讲的普普通通的一句话：“好话好说”，这不正是我要说而未说清楚的意思么，何必另外再去写或改什么文章，只对此略做点解释就行了。

“好话好说”应该分作两截看。首先是有“好话”要说。这或许牵扯到思想，非区区如我者可以臧否，但起码有一样东西是相通的，就是见识通达，或者说合乎情理，如此才能说得过去。这也并非轻而易举，得有常识做底子，还要对人能体会理解得细致、深刻才行。

为人处世，情与理，理与情，原本是一而二、二而一的两方面：我们率性而为，本须合乎物理；我们谈古论今，又应不违人情，都要照顾得到。文章的事多少也可以援引日常生活的例，咱们不是常常褒贬说这事合情理而那事不合情理么，现在自己写文章或者看别人的文章，说起来与此也相差不多。大家都是生活中的人。

黑格尔《哲学史讲演录》谈到《论语》时说：

“我们看到孔子和他的弟子们的谈话，里面所讲的是一种常识道德，这种常识道德我们在哪里都找得到，在哪一个民族里都找得到，可能还要好些，这里毫无出色的东西。孔子只是一个实际的世间智者，在他那里思辨的哲学是一点也没有的——只有一些善良的、老练的、道德的教训，从里面我们不能获得什么特殊的东西。”

从这番含有贬义的话里正可以看出孔子的合乎情理之处，与后来宋儒之“存天理，灭人欲”自是大不相同。

有了“好话”，还得“好说”才行。这就更难定一尊了，过去写文章说过：“写得朴素，写得华丽，都好；只是不要浮躁轻狂，虚张声势，滥抒情，青春气。”此外故弄玄虚与假装深沉也够烦人的。我想“好说”首先还是态度平和，记得周作人在《谈文章》一文中说过：

“作文章最容易犯的毛病其一便是作态，犯时文章就坏了。我看有些文章本来并不坏的，他有意思要说，有词句足用，原可好好的写出来，不过这里却有一个难关。文章是个人所写，对手却是多数人，所以这与演说相近，而演说更与做戏相差不远。”

其实文章之事也差不多都概括在这儿的几句话里了，虽然并不简单：“有意思要说”已非易事，“有词句足用”更要功力，而“好好的说出来”则可见表现手段之高下，首先就是取怎样的一种态度。不作态说来是很难的，要真能够沉得住气，或者说是不心虚，看透了文章未必非得“作”它一“作”，大到谋篇小到遣词皆如此；未必非得渲染夸张，耍点花招，煽煽情，提提读者的兴致。达到此点实在是很高的修养，至少可以说是免俗了罢。这是作者的一方面。演说抑或做戏还须得有对象，读者若能明白看文章与之并非一码事，而置那些花哨东西于不顾，说来也是件很了不起的事了。

譬如韩愈那篇顶有名的《送孟东野序》，自容斋到苦雨斋，七八百年来不乏明眼人指出它纤巧附会，文理不通，前后矛盾，无法自圆其说，乃是“用一个‘鸣’字东拉西扯的诌上一大篇”，念起来倒抑扬顿挫，颇觉动耳，单单就是没有什么意思。此类东西实是最要不得的一种传统，然而却流弊无穷，直到现在还当作范文来读，各种文选乃至“鉴赏辞典”依旧照选不误。

所以“好说”大概还不能撇开“好话”来谈。之所以不能“好说”，恐怕要么不是“好话”，因此不免强辞夺理；

要么则是什么话都没有，也就只能没话找话。态度平和，作者与读者乃是平起平坐，彼此之间推心置腹，以诚相待，“我无尔诈，尔无我虞。”——我不骗你，当然你也不需要我骗。然而或许这正为作者与读者所感到不能满足，盖哗众取宠乃是两方面的事也。

“好话好说”也就是我们常说的“自然本色”罢。周作人在《本色》一文中对此尝有说明：

“若本色反是难。为什么呢？本色可以拿得出去，必须本来的质地形色站得住脚，其次是人情总缺少自信，想依赖修饰，必须洗去前此所涂脂粉，才会露出本色来，此所以为难也。”

这也正是我喜欢读周文的原因，其以实在与节制为宗，然而并无拘束，且兼备文章之美——或者干脆就说是前述之讲情理与不作态罢，其实这本是他自己一贯的主张。

“清水出芙蓉，天然去雕饰”以及“出淤泥而不染”，都是被引用滥了的话，这恐怕也当分成两下子来说。须得是真芙蓉，天然就好；如若不然则恐怕还以雕饰些、濡染些为妙罢。

一九九四年三月五日

春秋绝笔

《春秋》三传：《左氏》《公羊》《谷梁》，结尾不同。《左氏经》终于鲁哀公十六年“夏四月己丑，孔丘卒”，《传》则不光写到二十七年哀公如越，还略述后来知伯亡于赵、魏、韩三家之事。不知道何以收煞于此，仿佛是历史本身，无始又无终。《公羊经》《谷梁经》都绝笔在这一句：

“（哀公）十有四年春，西狩获麟。”

杜预《春秋左氏传集解》说：

“《春秋》止于获麟。……自此以下至十六年，皆《鲁史记》之文，弟子欲存孔子卒，故并录以续孔子所修之经。”

就史而言，《左传》远胜《公羊》《谷梁》，殆为定论。不过要是姑且放下以史论史的标尺，单从作文的角度看，我倒很欣赏绝笔于获麟。二百几十年纷纷纭纭多少事居然归结到一场围猎上，实在出人意料。张爱玲评论清末韩子云所著《海上花列传》时说：“此书结得现代化，戛然而止。”不妨将这话移过来赞《春秋》，真是叫人拍案惊奇的写法。

我想起太史公在《史记·孔子世家》里所描述的：

“至于为《春秋》，笔则笔，削则削，子夏之徒不能赞一辞。”

如果《春秋》真的是为孔子所作的话，绝笔这一手儿可以说是好例子了。按《论语·先进》载，子夏与子游在“文学”门中最是出类拔萃，子夏之徒不能赞一辞，孔子其为得大自在者乎。想写就写，不想写就不写，从心所欲不逾矩，这是我们心向往之然而不能企及的自由境界。夫子自道：“后世知丘者以《春秋》，而罪丘者亦以《春秋》。”自不掩其得意之色也。

《公羊传》于此则经文之下说：

“西狩获麟，孔子曰：‘吾道穷矣。’”

所以绝笔于获麟还不止是写得潇洒而已，它是一个象征，多少感慨在这一句里面，余味无穷。就象杜预的解释那样：

“麟者，仁兽，圣王之嘉瑞也。时无明王，出而遇获。仲尼伤周道之不兴，感嘉瑞之无应，故因《鲁春秋》而修中兴之教，绝笔于获麟之一句，所感而作，固所以为终也。”

我很喜欢读上古的文章，无拘中西都是如此，觉得意思好，写得也好。记得从前与朋友一起在新街口买到修昔底德著《伯罗奔尼撒战争史》，出了书店边走边看，才看到开头几句，就不约而同地有一种心灵震撼之感，真是少有的事：

“在这次战争刚刚爆发的时候，我就开始写我的历史著作，相信这次战争是一个伟大的战争，比过去发生过的任何战争更有叙述的价值。……”

这恐怕也当形容是“笔则笔，削则削”罢，那份儿胸襟气魄，够多么舒服，简直是理所当然，一点儿也不像后来的人种种样子尽是做出来的。

以上所谈如果换一副眼光看，或许还要嫌那时的人不会写东西呢。大抵当时文章之事尚属草创，没有什么规则，想怎么开篇就怎么开篇，想怎么收束就怎么收束，自有一种以后难得的鲜活气象。从前我给朋友写信说过：“什么都不法，就法了自然。”此语大约正可以用在这里罢。

郑板桥有一段《乱兰乱竹乱石与汪希林》的题跋，说的乃是一种极致了：

“掀天揭地之文，震电惊雷之字，呵神骂鬼之谈，无古无今之画，原不在寻常眼孔中也。未画以前，不立一格；既画以后，不留一格。”

后来一代代人文章写得多了，熟了，各种体裁俱备，一应义法渐全，大家都参死法不参活法，除札记、日记、尺牍、题跋这些不是文章的文章还算活泛一点儿之外，写正经文章要想自在一回只怕是有如“蜀道之难难于上青天”了罢。

〔附记〕　金圣叹腰斩《水浒传》，又改写第七十回为“忠义堂石碣受天文，梁山泊英雄惊恶梦”，把整个梁山好汉故事收场于卢俊义的一场恶梦：

“只见一声令下，壁衣里蜂拥出行刑刽子二百一十六人，两个伏侍一个，将宋江、卢俊义等一百单八个好汉，在于堂下草里，一齐处斩。”

然后写道：

“卢俊义梦中吓得魂不附体，微微闪开眼，看堂上时，却有一个牌额，大书‘天下太平’四个青字。”

一部大书至此完了，煞是奇特。这个结尾意思或可非议，但写得多少有些《春秋》绝笔的韵致。后面还有两篇诗，虽然不错，倒底是落了俗套，不提也罢。

一九九四年三月一日

谈真率

这两天重又找出陶渊明集的几种注本，对照着看。读到《归园田居五首》之一：

“少无适俗韵，性本爱丘山。误落尘网中，一去三十年。羁鸟恋旧林，池鱼思故渊。开荒南野际，守拙归园田。方宅十余亩，草屋八九间。榆柳荫后檐，桃李罗堂前。暧暧远人村，依依墟里烟。狗吠深巷中，鸡鸣桑树颠。户庭无尘杂，虚室有余闲。久在樊笼里，复得返自然。”

这一篇在陶诗中非常有名，我每次读总要产生一个想法，直截了当讲好像它是特别容易写出来的，但同时也就感到这个容易正是特别之难。你看他前面说“误落尘网中”，后面又说“久在樊笼里”，这不是重复么。我们平时也弄弄文墨，却怎么也不敢如此下笔；但我们又哪里写得出这般舒服，又这般亲切的东西呢。大约陶公写诗乃是与生活一个态度，那么生活，就那么写诗，他才不去在意一两个句子。即以此诗为例，遥想他老人家归田不久，事事新鲜，屋里屋外、村头巷尾转转，兴之所致，把胸中一片解脱感写出来也就算了，如同张中行在《诗词读写丛话》中说的：

“陶诗是不失其赤子之心的人写的，所以朴实，真挚，自然，不但没有利禄气，连修辞的技巧也没有，所谓大巧若拙。”

昭明太子为陶渊明作传云：

“贵贱造之者，有酒辄设。渊明若先醉，便语客：‘我醉欲眠，卿可去。’其真率如此。”

我们这里关于陶诗的一点感想，似乎都可归在“真率”里；古往今来诗人多矣，只有他真正担得起这两个字。

废名写过《三竿两竿》一文，其后半云：

“庾信文章，我是常常翻开看的，今年夏天捧了《小园赋》读，读到‘一寸二寸之鱼，三竿两竿之竹’，怎么忽然有点眼花，注意起这几个数目字来，心想，一个是二寸，一个是两竿，两不等于二，二不等于两吗？于是我自己好笑，我想我写文章决不会写这么容易的好句子，总是在意义上那么的颠斤簸两。因此我对于一寸二寸之鱼三竿两竿之竹很有感情了。我又记起一件事，苦茶庵长老曾为闲步兄写砚，写庾信《行山雨铭》四句，‘树入床头，花来镜里，草绿衫同，花红面似。’那天我也在茶庵，当下听着长老法言道，‘可见他们写文章是乱写的，四句里头两个花字。’真的，真的六朝文是乱写的，所谓生香真色人难学也。”

我读到这篇文章不免有些欣喜，真可以说是一点文心彼此相通了，而庾文与陶诗亦得以交相辉映。废名另有《知堂先生》一文，其中说：

“他作文向来不打稿子，一遍写起来了，看一看有错字没有，便不再看，算得完卷，因为据他说起稿便不免于重抄，重抄便觉得多无是处，想修改也修改不好，不如一遍写起倒也算了。”

这亦令我快慰。不过我也曾推崇过贾岛等的苦吟，路数似与此处所言相违，这岂不如俗话所说是自己打自己的嘴巴了么。也不尽然。苦吟是向着完美的不懈努力，是可以学来的，所以提倡一下子惟有好处。真率则只能让我们“高山仰止，景行行止”。唐宋以降提起陶渊明哪个诗人不推崇，但又有谁真学到他呢。沈德潜《古诗源》说学陶者“终似微隔，厚处朴处不能到也”，盖厚者朴者皆由真率出也。这倒也不是说真率的文章只有陶庾周诸位做得，咱们就做不得。须得看到真率在他们原是一个完美的境界，借孔子的话说就是“从心所欲不逾矩”——当然是各从各的心，各不逾各的矩了。

这个东西无所谓提倡与否，到了那个境界，自然它就有了。此语或涉神秘，但是确实如此。这一层说起来最不容易被理解了，往往自以为真率，结果只是粗鄙恶俗，徒让明眼人笑话不已。

一九九四年九月十四日改

俞平伯的散文

许是爱屋及乌的缘故，嗜读苦雨斋文，就连带着把周门弟子的文章也都尽可能找来读。废名的散文不曾收集，不好找；俞平伯的好找。近年出版的《论诗词曲杂著》，《俞平伯论红楼梦》和《俞平伯散文杂论编》，一共一百六十五万多字，再加上三书中未收入的几篇，就“全”而言，已超过读周文了。

读了这许多，不免有些想法，也颇想一谈。俞氏在现代散文史上有他独立的地位，他有学问，又有才情——话说到这儿，便不知如何说下去，所以一向也就谈不成。刚好读到张中行《负暄续话》里有一篇《俞平伯》，文末几句总括的话:

“但我总是觉得，俞先生，放在古今的人群中，是其学可及，其才难及。”

我想好了，我的一点想法差不多都是由打这儿生发开来的，但也不免有些冒昧：就文章而言，只有在有“其学”作底子的时候，“其才”才表现得最合适，最好；否则就不免——怎么说呢，俞平伯最有名的散文，如《桨声灯影里的秦淮河》《陶然亭的雪》《西湖的六月十八夜》等，都是其才洋溢之作，他写这些文章用的仿佛是作赋的法子，极尽铺陈之能事，于铺陈之中见沉郁缠绵，然而总让人感到未免有点儿铺陈过分；这些文章的好处是见出作者自己的才情，但我也不觉得这就是现代散文好的方向。张中行说：

“他尊苦雨斋为师，可是散文的风格与苦雨斋不同。苦雨斋平实冲淡，他曲折跳动，象是有意求奇求文。这一半是来于有才，一半是来于使才，……”

这段话前半谈的是各自的风格，原是不分高下的；后半大概就是我前述之所谓“否则就不免”了。此外张氏还就这类文章说：

“‘作’的味道很重，‘说’的味道不多。”

这里标出“作”与“说”的不同，可以说是具正法眼，意义乃是及于整个散文创作；其间的区别，大约就在于有意求奇求文与无意求奇求文，或者说前者是有才而且使才，后者是有才但是不使才罢。

俞文当中我最喜欢的还是几种讲学问的著作：《读词偶

得》,《清真词释》以及《红楼梦辩》(后改写为《红楼梦研究》)。多少讲学问的书都只有学问，没有才情，所以如果从作文的角度看(当然也可不必如此)，只能说它们是学问，不能归在“文”这个圈儿里。而俞氏这几本书，才多是它们的好处。不光是好学问，还是好文字。好文字就得有才，才之用以节制为要，也就是不以“使才”为作文的目的。这几本书是讲学问的，学问为体，才情为用，有学问管着，才情不至泛滥，故而其学其才打成一片，相辅相成。随手从《读词偶得》的《温飞卿〈菩萨蛮〉五首》中抄一节看：

“飞卿之词，每截取可以调和的诸印象而杂置一处，听其自然融合，在读者心眼中，仁者见仁，知者见知，不必问其脉络神理如何如何，而脉络神理按之则俨然自在。譬之双美，异地相逢，一朝绾合，柔情美景并入毫端，固未易以迹象求也。即以此言，帘内之清秾如斯，江上之芊眠如彼，千载以下，无论识与不识，解与不解，都知是好言语矣。若昧于此理，取古人名作，以今人之理法习惯，尺寸以求之，其不枘凿也几希。”

说实在话，我真喜欢这里面的文章之美。

一九九一年九月二十九日

关于废名

废名是个大题目，不能都谈；这里只谈他的散文。谈散文则要先从他的小说谈起。他是有名的小说家，出版过五本书：《竹林的故事》《桃园》《枣》《桥》和《莫须有先生传》。周作人为《枣》和《桥》写序，却说：

“我读过废名君这些小说所未忘记的是这里边的文章。如有人批评我说是买椟还珠，我也可以承认，聊以息事宁人，但是容我诚实地说，我觉得废名君的著作在现代中国小说界有他独特的价值者，其第一的原因是其文章之美。”

这个意思，此前此后他也讲过多遍，及至编《中国新文学大系散文一集》，更从长篇小说《桥》中选取六则收入，在导言中说：

“废名所作本来是小说，但是我看这可以当小品散文读，不，不但是可以，或者这样更觉得有意味亦未可知。”

周氏谈及古人之作，总是喜欢以思想为取舍的首要标准；但对于新文学就很强调文章的写法，特别标举的就是废名了，于此能看出他对建设独立成熟的新文学的用心。当然，这也反映他对小说与散文的独特看法。废名大概因此受到影响，在《散文》一篇中说：

“我现在只喜欢事实，不喜欢想象。如果要我写文章，我只能写散文，决不会再写小说。所以有朋友要我写小说，可谓不知我者了，虽然我心里很感激他的诚意。”

他居然在文章中把过去小说里描写过的人物原型如实重写一遍。所以大而言之，废名所作都可以说是散文，但前述五本书不管怎么散文化，还得用“小说”这名目，此外他还写了些不是小说的散文，特别是以周作人在《怀废名》中说的“《人间世》时代”与“《明珠》时代”所作为最佳。因为他写小说太像散文了，结果他的散文反倒不大被人注意，事实上它们自有特殊的成绩，值得单独一说。

《怀废名》谈到这些文章，有“里边颇有些好文章好意思”和“在这一时期我觉得他的思想最是圆满”的说法，废名的思想通达而结实，这自不待说；但讲到文章只一个“好”字，却未免嫌语焉不详。我们可以从周氏此前为废名写的几篇序跋文中移过一些话来，废名小说里的文章之美在他的文章里表现得更为周全。《〈莫须有先生传〉序》以流水和风为例，把废名的文风讲得淋漓尽致，总的意思是这么一句话：

“能做好文章的人他也爱惜所有的意思，文字，声音，故典，他不肯草率地使用他们，他随时随处加以爱抚，……”

我们常见的路数当然是加添一些形容的词，不然干脆就再多来几句渲染的话；废名则不，他反倒用删夷手段，抑或换一样不怎么惯常的语法句法，造成一种不一眼见底的感觉，也就是周作人在别一处说的“文体之简洁或奇僻生辣”。这自然是最难了，但废名在此方面向来是不怕难，就像他在《〈古槐梦遇〉序》中自称是个“亡命的汉子”；若以文笔而论，在新文学家中恐怕他是最重视“笔”的了。但更重要的还是表达意思的需要，在他看来如此才表现得好，同时也就造就了他独特的文体，所以周氏乃又有“有机似地生成的”与“情生文，文生情”的说法。手法与意思相得益彰，废名文章自有一种空灵气息，仿佛不食人间烟火。周作人更“从近来文体的变迁上着眼看去”，觉得这比当初那种以“话怎么说就怎么说”为旨的文章是现代散文的一个进步。

我们也可以附带说到“晦涩”，这是向来批评废名的话，在他的小说里由于有表现人物和情节的要求，文字太简练或者就不免；但他的散文虽然并不容易读，若说是晦涩在我看来那是没有的。

一九九三年一月二十一日

《顾随文集》

《顾随文集》出版是在四年前，印数又只有区区六千，但偶尔还能在书店见着，每每不免有怅然之感。大概顾随文章的好处，还不能够为大家所知罢。我觉得文集中有几篇，真可以说是可望而不可及。譬如《东坡词说》和《稼轩词说》，对于原作的体会之精微，恐怕只有俞平伯的《读词偶得》和《清真词释》可以比得；又如《揣籥录》，禅堂内说禅，乃是多年浸染，不能不写的著作。而且——恕我买椟还珠——顾随的文章，又特别合乎周作人所说的“美文”。周氏说：

“读好的论文，如读散文诗，因为他实在是诗与散文中间的桥。中国古文里的序，记与说等，也可以说是美文的一类。但在现代的国语文学里，还不曾见有这类文章，治新文学的人为什么不去试试呢？”

这实是对现代散文提出一个重要问题，其意义又是两方面的：第一，文章应该写好；第二，什么样式的文章都能够写好。顾随所作都不是平常所谓散文，但真该拿它们当好散文看；而顾随也完全可以入得现代最好的散文家之列。

我总想中国现代散文怎么会有这么大的成就，就因为它有好的依靠，或者说是有“源”，这样才由得它“流”，造成自己的局面。先秦、六朝、晚明，乃至英、法、日本的散文，都是好的源；顾文则别有怀抱，是得大力于禅宗语录。他自己在《〈揣籥录〉小引》中说：

“不过苦水虽不敢自命为文人，而半生学文，习焉成性。于读语录时，颇悟得为文之法。”

禅宗语录是随口说随手记的，有股特别的活力；若以俗雅区分，它还是雅，但却是一种没有规矩的雅。说来中国文章是太发达了，或者说很早就完善了——其实呢，善就是完，完却不是善，自己造成太多的规矩，慢慢儿的不是意思生规矩而是规矩生意思了；所以不惟语录，大概是凡没有规矩的文章就好。顾随文风别是一格，潇洒，没遮拦，又可以用他自己的话说是“活泼泼地”。譬如《稼轩词说》释《水龙吟·登建康赏心亭》上来就说：

“千古骚人志士，定是登高远望不得。登了望了，总不免泄漏消息，光芒四射。不见阮嗣宗口不臧否人物，一登广武原，便说：‘时无英雄，遂使竖子成名。’陈伯玉不乐居职，壮年乞归，亦像煞恬退。一登幽州台，便写出‘念天地之悠悠，独怆然而涕下’。况此眼界极高、心肠极热之山东老兵乎哉？”

此等文字现在看来也有耳目一新之感。顾文就是这样，给人的感觉是才气特别之大，大到到处才华横溢。这本是他的好处，但同时又不免要以“逞才”病之。好像在这方面少点节制似的。这一层我从前读梁实秋《雅舍小品》和钱锺书《写在人生边上》时亦有同感，虽然他们不是一样的才，虽然他们写的都是很好的文章。倘若说“聪明反被聪明误”是太过言重了，但到底不及“大智若愚”那般无边无岸，够得上是为文的极境。我们平时读缺乏才气的东西是太多了，直读得口干舌燥，然则顾梁钱诸位却嫌文中才气太大。真令人羡慕煞，也遗憾煞。造物何如此之不公平耶。

顾氏一九六〇年病逝天津，享年六十四岁。据顾之京在文集后记中说，顾随文章有相当一部分在其身后已经散失，其中颇多佳篇。张中行在《负暄琐话》里谈及此事，就有“人琴俱亡”之叹。现在文集里的作品，最后十年间所写在意思与文字两方面与此前的相比未免要差一点儿，这本是无可如何的事，但顾随的杰作未能尽皆传世，传世的却又不都是杰作，这不能不说是造物之另外一重不公平了。

一九九〇年十月二日

看张

张爱玲散文的第一个特点就是成熟——或者说这又算得什么，世间万物，一切有生，譬如桃子李子之类，不都要成熟么，何必非在张爱玲身上拿这个做文章呢。其实并非如此。我自信略略涉世，知道人的成熟满不是那么一回事，与曾经多少寒暑亦无太大干系，而倘若还要作文，则又有一个文是否成熟的问题，其难度与前者不相上下。至于要得人的成熟与文的成熟兼而有之（自然是从文中看出来），那就可以说是难之又难了。这一番空泛的议论也幸而找到张爱玲才可以落到实处。

张爱玲的成熟是一种冷冷的成熟。别人尚在做梦之时，她不仅早已醒来，而且放一副冷眼把梦与醒一并都看透了。我常常在私心里引中外一些作家当朋友，那原因就是他们成熟，有阅历，有智能，对人生与生活懂得多，看得透彻。但是张爱玲呢，或许我们要嫌她太过透彻，说得不好听是有点儿可怕，那个以文会友的话头与她其实并接不上。她的作品里没有梦这回事，除非是破灭了的。以“冷冷”来形容，并不是她的文章里没有色彩，没有趣味。在语言的华贵与意象的丰富方面，其实少有第二人可比。而趣味可能更是她于写小说之外还要写散文的一个原因。《谈吃与画饼充饥》大约算她的近作了，文章中就嫌“周作人写散文喜欢谈吃，……不过他写来写去都是他故乡绍兴的几样最节俭清淡的菜”，她因此要再写一篇。因为是看透了，所以她的文章总是写得从容，娓娓而谈的样子。至于卖弄聪明，虚张声势以及激动伤感之类，她是从来也不沾边的，无论谈音乐，跳舞，时装，文学，还是谈她自己。她的散文世界，比她的小说世界好像还要宽广一些。虽然她的散文不算多，成本的只有《流言》，此外《张看》、《余韵》和《续集》（这三本书，还有《惘然记》，张爱玲出版得都有些勉强，差不多都因为“盗印在即”，自己不出也不行）各收有一些，再加上所写的序跋文，我一共只见到六十几篇。

张爱玲的成熟很早就表现出来。她第一篇发表出来的文章是《天才梦》，其末节云：

“生活的艺术，有一部分我不是不能领略。我懂得怎么看‘七月巧云’，听苏格兰兵吹 bagpipe，享受微风中的藤椅，吃盐水花生，欣赏雨夜的霓虹灯，从双层公共汽车上伸出手摘树巅的绿叶。在没有人与人交接的场合，我充满了生命的欢悦。可是我一天不能克服这种咬啮性的小烦恼，生命是一袭华美的袍，爬满了蚤子。”

写这段话时她十八岁，这段话也就代表了她的一生。少时不无深刻，老去仍重趣味，从张爱玲的文章中很难看出她年龄的变化。这是怎么回事。说是成熟与生俱来，颇有阿谀之嫌；说是没有发展呢，又显系贬损了。在她的小说里可不是这样。写《传奇》时她把生命与生命的冲突表现得很强烈，十几年后写《秧歌》则追求“平淡而近自然”。《天才梦》的第一句话是：“我是一个古怪的女孩，……”也许我们现在还当这么看罢，虽然她已经很老了。

张爱玲为她的一本书取名《张看》，在《〈红楼梦魇〉自序》中说：“‘张看’就是张的见解或管窥——往里面张望——最浅薄的双关语。”我心仪张爱玲已久，从文章到见识皆如此，因想起什么时候能有本事写一本《看张》就好了——往“张”里面张望。但是现在能写出来的也只是上面这几行幼稚的话。

一九九一年十月三日

说钱

近阅柳苏《你一定要看董桥》一文，其中说董桥绝对崇拜钱锺书的识见，钟爱《管锥编》，但认为钱锺书的散文有两个缺点，一是“太刻意去卖弄，而且文字太‘油’了”，也太“顺”(smooth)了；一是“因为‘油’的关系，他的见解很快就滑了出来。太快了，快得无声无息，不耐读。”我读钱文是在十来年前，总觉得写得煞是好，但又未免有一点不如意处；这一点不如意处，大约即如董桥所说了。“油”者“顺”者，自然也都是感觉，如果要来说明，我倒想起知堂老人为废名《莫须有先生传》所作序里的一段话来：

“《莫须有先生》的文章的好处，似乎可以旧式批语评之曰，情生文，文生情。这好像是一道流水，大约总是向东去朝宗于海，他流过的地方，凡有什么汊港湾曲，总得灌注潆洄一番，有什么岩石水草，总要披拂抚弄一下子才再往前去，这都不是他的行程的主脑，但除去了这些也就别无行程了。”

钱锺书的白话散文，只有《写在人生边上》薄薄一小册。此外，小说《人·兽·鬼》，《围城》，论著《宋诗选注》，《七缀集》，也都不妨当作文章来看。钱文别是一格，一言以蔽之，可以说是“绝顶聪明”。我们不妨再以水为喻。常见才气少些的人，作文如汲水上引，穷竭力气；钱文则似瀑布临崖，翻折而下，全无遮拦。所以说钱文倘有什么不如意，也是在人所莫及之处。前引苦雨翁的话，被动地说，旨在节制；主动地说，是要造成一种意思。我读钱文，才情识见应有尽有，所略嫌少者但是一点苦味耳。这可以说是某种心境，某种情绪，尝形容以雨，形容以茶——若是雨，也不是豪雨骤雨，而是连绵不绝，令人无可奈何；若是茶，也是“谁谓荼苦，其甘如荠”，觉得回味不绝的。以我个人的读书口味讲，对这点苦味可以说是有些偏嗜了；但是我读钱文，有时确实有作者的智慧是从人性的边缘滑过去了的感觉。

说来苦亦只是百味之一，以此求之于钱文，自然有失公允，然则钱文之中，也不是全然不见此种苦味。如《宋诗选注》陆游“死去元知万事空，但悲不见九州同；王师北定中原日，家祭无忘告乃翁”一诗的注文：

“参看《剑南诗稿》卷九《感兴》第一首：‘常恐先狗马，不及清中原’；卷三十七《太息》：‘砥柱河流仙掌日，死前恨不见中原’；卷三十六《北望》：‘宁知墓木拱，不见塞尘清’；卷三十八《夜闻落叶》：‘死至人所同，此理何待评？但有一可恨，不见复两京。’这首悲壮的绝句最后一次把将断的气息又来说未完的心事和无穷的希望。陆游死后二十四年宋和蒙古会师灭金，刘克庄《后村大全集》卷十一《端嘉杂诗》第四首就说：‘不及生前见虏亡，放翁易箦愤堂堂；遥知小陆羞时荐，定告王师入洛阳。’陆游死后六十六年元师灭宋，林景熙《霁山先生集》卷三《书陆放翁书卷后》又说：‘青山一发愁濛濛，干戈况满天南东；来孙却见九州同，家祭如何告乃翁？’”

读此节文字我感到一种苦闷，但又无以言说，我想我最喜欢的还是钱氏这样的文章。

一九九三年三月二十八日

杨绛的散文

杨绛有一本散文集叫做《将饮茶》。且问饮的什么茶。据作者在“代序”里说，乃是孟婆茶，“喝一杯，什么事都忘得一干二净了。”但她又说：“我夹带着好些私货呢，得及早清理。”她的几本书：这本，还有《干校六记》《杂忆与杂写》，都是在遗忘之前给我们讲些往事。

杨绛所作大部分是以回忆为内容的叙事散文，放到整个现代散文的背景上看，恐怕这是她的最大贡献了，在这方面实在很少有人能与之比肩。杨绛是长于叙事的，此外她还写过一些小说，但我私心以为她的叙事散文比她的小说写得更好，因为就叙事而言，她的长处虽在于“表现”却并不在于“编造”，她的散文乃是以真的生活做底子。套用一句现成的话，杨绛是一位习惯“让事实说话”的作家。或者说她做的也只是孔子所说的“辞达而已矣”，但是这除了写得好，还得要原本的内容有分量，值得写，这是杨绛自信的地方。

当然她不是什么都写。她的散文大多写在晚年，是把一生过了，拣值得一说的事情说说，她不是大惊小怪的人。她的功夫在剪裁上，“笔则笔，削则削”，由此看得出轻重，其实她从来也不着意渲染。在她的散文里绝少抒情的成分，因为用不着；我们读了她的文章谁都知道她的有情。

杨绛散文是以深厚取胜，这是因为她对生活体会得深。这个深，是在感情方面，或者说人生体验方面，而不主要是强调什么观点；她写的是人生，但“人生”在她的作品中总是具体的，活生生的。所以杨绛并不是通常意义上的那种思想家，她写的也不是启示录。杨绛总是选择最能承载她的人生体会的东西写，在她的作品中我们注目的不是某一点什么，而是整体上的体会，我们从整体上体会到她对人生对社会对历史的把握，但表现起来却是通过一个个小小细节，如此她的深厚乃是及于天地万物——我觉得这就最接近于古人所谓“悲天悯人”的本义。譬如《干校六记》写一次“围猎”：

“躲在菜叶底下的那头兔子自知藏身不住，一道光似的直窜出去。兔子跑得快，狗追不上。可是几条狗在猎人指使下分头追赶，兔子几回转折，给三四条狗团团围住。只见它纵身一跃有六七尺高，掉下地就给狗咬住。在它纵身一跃的时候，我代它心胆俱碎。”

杨绛的几本书，就文章的美而言，也是我们散文中不可多得的佳作。浮躁堆砌依然时兴，她的文章却写得何等朴素自在，今以“不可多得”称之，非是谀词，倒是一种发自内心的祝愿。说到底还是文化底蕴深厚。现在还在写散文的作者中，杨绛当属最有文化的了，而且她的文化真正是中西合璧，无论中西她承继的都是最有贵族气息的一脉：看似随意实是精心，从遣词到谋篇皆如此；崇尚质朴，反对炫耀夸饰，摒弃一切故作深沉、一切高谈阔论。我们可以从纯正的意义称杨绛的散文为“贵族文学”。作者行文态度平和，但又时时有一种风趣，既不因平和失掉了风趣，也不因风趣破坏了平和，此之谓恰到火候。这原来不是刻意得到，应该说是某种感觉罢。此处所说的风趣也就是个智慧，与其说是文章的还不如说是做人的。我因此联想到简·奥斯丁，此种智慧过去读《傲慢与偏见》与《爱玛》时仿佛曾经领略，不过杨文少一些轻快，多一些沉郁和凄婉就是了。如此好文章不可多得亦是当然，然则我们还是盼着作者且慢饮那孟婆茶，多给我们写一点儿罢。

此外她另有《春泥集》与《关于小说》两种小书，属于文学评论一类。杨绛的文学评论写得平心静气，缓缓道来，很是舒服，它不是以理论系统高深见长，说实话还是体会得深，她真知道所评论的那些作者用心之所在。“文章千古事，得失寸心知”本是说作者自己的，用来说别人则是难上加难，杨绛担得起这话。像那篇题为《有什么好？》的谈《傲慢与偏见》的文章，我们真要因此而称作者为“知奥斯丁者”了。再者这些文章也可以当作好的散文来读，因为这里面尽有前述那种文章之美。如《有什么好？》的最后一节：

“一部小说如有价值，自会有读者欣赏，不依靠评论家的考语。可是我们如果不细细品尝原作，只抓住一个故事，照着框框来评断：写得有趣就是趣味主义，写恋爱就是恋爱至上，题材平凡就是琐碎无聊，那么，一手‘拿来’一手又扔了。这使我记起童年听到的故事：洋鬼子吃铁蚕豆，吃了壳，吐了豆，摇头说：‘肉薄、核大，有什么好？’洋鬼子煮茶吃，滗去茶汁吃茶叶，皱眉说：‘涩而无味，有什么好？’”

说起来“散文”这概念原本是非常宽泛，大约从散文诗到应用文都可以入得其列，但不知打什么时候起我们一提到散文就只限于那些抒情之作，其实在我个人看来，所谓抒情散文往往倒是散文中最没有出息的了。我们须得把眼光放开些，要读散文的话，与其读那些空泛无聊的东西，真不如看杨绛这些文章呢。类推开来，钱钟书的《宋诗选注》和《七缀集》，以及顾随、浦江清等的论文，都是很好的散文。然而话说回来，至少杨绛写此二书时没有一点儿刻意作文的意思，一切只是风格使然；倘因其文章好便忽略了其中的意思，那可要被讥作“丢了西瓜拣芝麻”了。

一九九四年八月二十一日改

《负暄琐话》和《负暄续话》

我也曾读过几本讨论人生的书，有的确实出诸贤明之手，但是不知怎么的，总让我想起《论语·阳货》这一章：

“子曰：‘饱食终日，无所用心，难矣哉。不有博弈者乎，为之犹贤乎已。’”

这倒不是嫉妒人家活得比我好，但是总觉得自己活得太舒服而去大谈大家究竟应该怎么活，虽是有“所用心”，充其量也只是一个“为之犹贤乎已”。由这个有些勉强的“贤”，我又连带想起《论语·雍也》里另外一处“贤”来：

“子曰：‘贤哉，回也。一箪食，一瓢饮，在陋巷，人不堪其忧，回也不改其乐。贤哉，回也。’”

有一段时间我喜欢读哲学史，记得明末有儒生说：“百姓日用即道。”详细的论述我都忘了，单从字面上看，虽然透彻，其醇正处实在还是不及颜子。百姓日用，柴米油盐酱醋茶，在此之上还得有一个升华。颜回之乐，不离箪食瓢饮陋巷，但亦不在箪食瓢饮陋巷。所以圣人两次赞他“贤哉”，这回真个是贤。

以上所说其实都是题外话，我想谈的是张中行的两本散文集《负暄琐话》和《负暄续话》。《续话》的前半部分类乎《琐话》，多是关于一些人物的回忆；后半部分讲的是作者自己，我们由此得知他的兴趣，爱好，各种学问，等等，简言之，他的文化。他好像始终过的是箪食瓢饮陋巷的生活，有时还在其下，如《食无求饱》叙述三年困难时期的经历，读了令人心酸：

“有一天，她照例至时起程，我帮她整理应带的主食，是刚出锅的窝窝头两个。不知一时由哪里冒出一股大勇之气，我说：‘我吃两口行吗？’贤妻不愧为贤，说‘你吃吧。’我吃了两口，大概咬去一个的三四分之一吧，当然还想继续吃，可是看看贤妻的可怜样子，只好‘义亦我所欲也’，不再咬。万没想到，贤妻记忆力并不很好，却把这件事记得牢靠而清楚，于是每有亲友来，言及旧事，必绘影绘声地述说一番。说者笑，听者笑；我也笑，是苦笑。”

这里的意味其实不仅仅在于叙述事件本身。《琐话》中有一篇《刘佛谛》，似乎可以与此联系起来看：

“例如有一次，他住在家乡永清县一个村庄，是五月节前，穷到连买菜钱都没有了，家居无聊，到镇上散散心，万没想到接到我寄去五元钱的信。回信说，他最不喜欢吃窝瓜，可是穷得要命，只能吃院里自种的窝瓜。五月节来了，想换换样，居然就由天上降下五元钱，可见上天无绝人之路，云云。我接到信，既欢乐又感慨，想到他曾开玩笑，说天老爷最胡涂，譬如他最喜欢吃鱼，可是鱼有刺，最不喜欢吃窝瓜，窝瓜却没有刺，如果让鱼刺生在窝瓜里会多好，于是又写一封信，说幸而天老爷胡涂，如果聪明，让鱼刺生在窝瓜里，他的境遇就更可怜了。”

张中行的文章就是这样处处都是苦涩滋味。贫老病死，天灾人祸，世事如斯，有很多是一己之力所不能左右的，那么就拿它们当作整个人生接受下来，在其中细细品味，苦也到底只是滋味之一。这可以说是隐忍，但又不尽然，还有一点点乐观的东西。所以《负暄琐话》和《续话》都可以看作是关于人生的书，或者说是关于“道”的书。我很直接地就想起了孔子谈论颜回的话，于是开头一段文字也就不算白写，但我最想说的还是那个“不改其乐”，我们常说的文化的根也许就扎在这里。从张中行的书里我觉得他始终只是一个老百姓，但始终又是一个文化人，他这个人可以亲近，在他的身上，文化是个好东西。这也可以说是苦中有乐，不是因为乐，苦就不存在，乐只是对苦的一种烛照，使得我们的人生能穿行于苦而继续下去。当然这不是“乐不思蜀”的那种“乐”，其中的愉悦现世未必能够体会到，但是扩大开来，能够成为面对现世的一种态度，或者说是有了一个依靠。即如《我的琉璃厂今昔》所说：

“真贵加上其他的假和次，也贵，再加上外围的宫殿式，其总和就成为可怕。但是我不怕，因为我有战略战术，不是取自孙武子，是取自勤于治水的大禹王，三过其门而不入是也。”

《负暄琐话》和《负暄续话》，若从现代散文史上来考虑，我是觉得这个时候幸好有这样两本书，也幸好这几年它们渐渐为大家所留意；不论是文章的意思还是文章本身，我都是这样的感觉。张中行散文的特色，可以借用一句老话，就是“平淡朴讷”。从意思上看，这可以说是大智若愚，不失其真挚本性；从文章上看呢，是舍繁就简，于拙朴中见文采。文采者，顾名思义，文章之光采也，最是增笔容易减笔难，用减笔用得不对，平淡朴讷达不到，反倒失之于枯燥，总之这种相反相成的文章最难写了。要有好的意思，有深的韵味，还要有文字的功力技巧。

从另一个角度看，我们还可以说这是“老而有趣”。文章的境界有多种，老最不容易，因为没有那个阅历，也没有那个气度；但老还得有另一面，就是有趣，也就是说饶有生意，不是万念俱灰。不是“老夫聊发少年狂”，反倒好比有一个筛子，把那些本不值得大惊小怪的成份连同浮躁凌厉，青春意气都滤掉了，留下的乃是平和淡泊，意味深长的东西。这样他在“早春晚秋，坐在向阳的篱下”，讲些他有兴趣讲的事情。

一九九〇年二月二十日

姑妄言之

这几年买书较多，家中逼仄，不免要有所筛选，遂先把雨果、乔治·桑诸位所作从柜子里剔除了去。我最不喜欢——说来我是不大习惯用这种口吻讲话，就像不愿使用“！”号一样，因为实在是觉得有点儿“像煞有介事”，但这个话题我却是不能不破例了——我最不喜欢浪漫主义那一套了。前两天有朋友见我爱读的书太是杂乱，从张爱玲到博尔赫斯无不在内，便问我如何是个标准呢。我说若是非要说出“吾道一以贯之”的话，那只好说：除了浪漫主义之外。浪漫主义好比是人类历史的青春期，青春期人人都曾有过，但是过了也就完了，若是沉溺其中不能长大，那大概不是什么好事罢。现在再让我来听雨果《悲惨世界》中“爱，便是众天使向群星的膜拜”那些话，真不免要笑起来了。

话虽是这么说，我也知道浪漫主义这个东西，借用李易安之句，是“此情无计可消除”，只要人类生生不息，它就过去有，现在有，将来也有。《孟子 · 公孙丑上》说：

“恻隐之心，仁之端也；羞恶之心，义之端也；辞让之心，礼之端也；是非之心，智之端也。”

我们可以效仿说浪漫主义亦必有一端根植于人性之中。譬如说我们去挤公共汽车，总盼望着能有一个座位；又譬如说买桔子之类，谁都希望是甜的而不是酸的。更极端的例子是苦雨翁在《死之默想》中讲过的：

“十多年前有一个远房的伯母，十分困苦，在十二月底想投河寻死，（我们乡间的河是经冬不冻的，）但是投了下去，她随即走了上来，说是因为水太冷了。”

就连死也还希望能死得好一点儿。所有这些好的愿望，无论是在什么情况下，总归无可非议，因为舍此人类就没有力量支撑着自己生存下去。阿基米德尝说：“假如给我一个支点，我可以移动地球。”人活在世上最需要的也正是这个支点。《旧约 · 传道书》有“已有的事后必再有，已行的事后必再行，日光之下并无新事”的话，如果每天早晨醒来第一句听到的都是这个，我们又怎么度过这日复一日呢。这一点点美好愿望，很朴素的、很实在的，它便是浪漫主义的“端”——只是浪漫主义把它给不切实际地、无限制地放大了，说是歪曲了也可以，搞得那么慷慨激昂，时不时还带点悲壮的失败感或假惺惺的神圣感什么的，免不了要叫人起鸡皮疙瘩罢。

石成金著《笑得好》里有个故事：

“一琴师于市中弹琴，市人以为琵琶三弦之类，听者甚多。及闻琴声清淡，皆不喜欢，渐次都散，独一人不去。琴师喜曰：‘好了，还有一个知音，也不辜负我了。’其人曰：‘若不是这搁琴的桌子是我家的，今伺候取去，我也散去多时了。’”

我们作文其实也是如此，作者与读者之间，原是有一种缘的。伯牙子期的故事流传千古，人人艳羡，苟能如此，岂不很好，此亦人之常情也。但若是期望太过，以为人的愿望就非得实现不可，则不免要为古人所笑。我们当读者的时候，取的本来也是一种姑妄听之的态度，偶尔当当作者，且还是姑妄言之罢。

〔附记〕前些时与 Morin 谈起这个话题，他说我之所谓浪漫主义与他们法国人向来认为的多少有些出入。是的，有些浪漫主义文学家如霍夫曼、济慈、爱伦·坡等确实是我非常喜欢的，还有勃兰兑斯在《十九世纪文学主流》中列为法国浪漫派之一的司汤达。所以应该解释一下，说的乃是几十年来我们这里所理解的那种浪漫主义；记得又曾把浪漫主义分为消极的与积极的两种，那么我指的是后一种罢。

一九九四年九月十六日改

上田秋成的话

前不久买到江户时代作家上田秋成的短篇小说集《雨月物语》和《春雨物语》的合订本。我一向很喜欢日本文学，特别是其中“美”的体现——日本的美是瞬间的美，微细的美，病态的美和死亡的美，一言以蔽之，可以说是一种极致的美罢。这些在这两本书都有反映，但现在却不想多谈，我更感兴趣的还是作者为《春雨物语》写的一篇短短的序：

“春雨连绵，淅淅沥沥，四周静谧宜人。展纸申毫，意欲乘兴抒怀，忽感洞然无可书之事。初效物语故事唯恐不及，然一穷乡僻壤之翁，孤陋寡闻，又何能为也？往昔受骗于史书典籍，而今老翁也将为文诳骗他人，不亦善哉！即使杜撰虚构，自当有人以信史去读。思量至此，便欣然命笔。窗外春雨，润我枯肠，淅淅沥沥，淅淅沥沥。”

这里的一种清新意味，真有如经水洗过的似的。写此书时作者双目失明已久，所以他能对窗外的雨声有那么深切的感受。文章中间的几句话说得十分坦率，关于小说，关于作家与读者，从来谈得多了，还没有这么让我觉得有入木三分之感的呢。作者期待读者的是什么，读者期待作者的又是什么，其实我们早就知道。记得文学史上说过欧仁·苏的《巴黎的秘密》最初在报上连载，多少法国人为小说里人物命运的变化失魂落魄过，后来我买到中译本，那天还在日记里专门写了“盼之久矣”的话，但读了之后实在扫兴得很。我也不明白英国人那时干吗要因为狄更斯在《老古玩店》里写了小耐儿的死而对他大发雷霆，简直如丧考妣一般。我上初中的时候还找不到什么书看，有朋友以一块手表作抵押，借得一套又黄又破的《基督山恩仇记》，大家轮流看，人闲而书不闲，我亦有幸得阅其一、四册，真感到邓蒂斯深可同情，不免爱其所爱，恨其所恨，几年后重读该书，有些搞不懂自己当初是怎么回事了。值得一提的还有日本作家尾崎红叶所作长篇小说《金色夜叉》曾因读者的欢迎而一续再续，有位夭折的少女未及看完，临终嘱家人待刊登小说的新一期杂志出版后，放一册在她灵前。这书我也看过，少女之事多少可感，书本身却是未必。——拉拉杂杂说了这么些，差不多可以做成一篇作者读者互骗史了。我想我离所谓“文学”越来越远了罢，所以读到秋成的话心中好生欢喜。

或许有一天我们是终于过了这个幼稚期了；但是说起来小说家也未必都是一样的，有的有诗人的灵魂，有的有智者的灵魂。读了这么多年小说，比较起来现在我更看重的还是后者。智者不赚人眼泪，我亦不再有多余的眼泪供人去赚，两下里都轻松些，秋成所谓“诳骗”的话庶几可以放到一边去了。这样的写与读，双方好像都在一个更高的层次；交流的是更深的、更有生命力的东西。某日尝对朋友说英国文学史上我最喜欢的作家之一是简·奥斯丁。朋友不解。从前读过夏绿蒂·勃朗特的书信集，她在信里对奥斯丁一再贬损，说“她全然不知激情为何物”，依我看这或许正是奥斯丁最大的优点呢，也正是因此我才爱读奥斯丁的六本小说远胜过《简·爱》等，至于她拿来和前者作对比的乔治·桑就更不在话下了。奥斯丁也确是不知道激情为何物，因为激情原本算不了什么；她知道的是一个特定的人在现实中该取什么现实的态度，从而争取活得好一点儿。我从这里看出她的睿智、洞达与高雅，所以读她的小说总感到一种特别的愉悦。古人云“人生得一知己足矣”，也只有智者才可以做得我们的知己。

一九九一年四月二十八日

关于书名

玛·米切尔那本有名的畅销小说近来又有了两种新译本，其一仍循《飘》这旧译名，其一则从了电影，叫做《乱世佳人》。记得普希金的《杜布罗夫斯基》也曾译为《复仇遇艳》，好像还出自名家之手。至于影片，《滑铁卢桥》改成《魂断蓝桥》，《傲慢与偏见》改为《屏开雀选》，就更多了。

“必也正名乎”当是天经地义，但问题在于现在何者为正。习语说“顾名思义”、“名为实之宾”，《乱世佳人》这类名字好像于意义和事实方面均不能说是不符罢：南北战争自可以谓之“乱世”，郝思嘉辈亦不妨称为“佳人”，那么为什么总觉得有那么点儿不大得劲呢。说是招揽读者以谋其利罢，确实如此，但毕竟还不像把加西亚·马尔克斯的《迷宫中的将军》译作《将军和他的情妇》那么直截了当。想来想去似乎只能以雅俗辩之了。然而雅俗之事往往最是难谈，譬如《魂断蓝桥》，你以为俗，他却以为是大大的雅呢。

但是不管怎么说，这里确实有着审美趣味的不同。我想起当初钱玄同和刘半农合伙写双簧信，有几句话以林纾译著为例谈到书名。先让钱氏假造的“王敬轩”说：

“林先生所译小说。无虑百种。不特译笔雅健。即所定书名。亦往往斟酌尽善尽美。如云吟边燕语。云香钩情眼。此可谓有句皆香。无字不艳。香钩情眼之名。若依贵报所主张。殆必改为革履情眼而后可。”

然后刘半农答：

“这‘香钩情眼’本来是刁刘氏的伎俩，外国小说虽然也有淫荡的，恐怕还未必把这等肉麻字样来做书名，果然如此，则刁刘氏在天之灵，免不了轻展秋波，微微笑曰，‘吾道其西！’况且外国女人并不缠脚，‘钩’于何有；而‘钩’之香与不香，尤非林先生所能知道：难道林先生之于书中人，竟实行了沈佩贞大闹醒春居时候的故事么？”

因为是演双簧戏，所以不免安排得双方的表现皆很戏剧化，所举的亦是一个极端的例子，但撇开这些，我觉得这里已把审美趣味不同的两方面的意思都说清楚了。

有趣的一个例子是张爱玲。张爱玲与鲁迅同是二十世纪中国最具现代意识的小说家。她写的是最新的小说，但却偏偏喜欢给它们取一些旧名字，比如《连环套》《鸿鸾禧》《殷宝滟送花楼会》《多少恨》《十八春》(后改为《半生缘》)《相见欢》等，后来又有一篇《五四遗事》，副题则作《罗文涛三美团圆》，叫人想到“三言两拍”。这里看出张爱玲对传统文化这一面的醉心，即如她在为《多少恨》所写前记中所说:

“我对于通俗小说一直有一种难言的爱好；那些不用多加解释的人物，他们的悲欢离合。如果说是太浅薄，不够深入，那么，浮雕也一样是艺术呀。但我觉得实在很难写，这一篇恐怕是我能力所及的最接近通俗小说的了，因此我是这样恋恋于这故事。”

张爱玲是最明白不过的人，在她的小说中出现的这种名实之间的犯冲并非不自觉的流露，而是一种有意识的安排。她写过一篇《必也正名乎》，是谈人名的，但也可以移过来谈书名:

“中国的一切都是太好听，太顺口了。固然，不中听，不中看，不一定就中用；可是世上有用的人往往是俗人。我愿意保留我的俗不可耐的名字，向我自己作为一种警告，设法除去一般知书识字的人咬文嚼字的积习，从柴米油盐，肥皂，水与太阳之中去找寻实际的人生。”

张爱玲文学的一个特色可以说是由俗及于大雅，但她从来也不愿意割断自己与俗的联系。在她看来，俗反映了实际的人生，本身就有一种和谐，作品根植于此，至少不鄙弃这种市民趣味，就有如人生一样获得一种坚实感，或者说是“人生安稳的一面”。但这不是牵就，张爱玲追求的便是“不彻底”，即如她在《自己的文章》中所说的：

“但在时代的高潮来到之前，斩钉截铁的事物不过是例外。”

她不想太例外。书名的这种安排其实也是她一贯用的“参差的对照的写法”，与此相类似的是在《连环套》中“袭用旧小说的词句”，她曾解释道：

“写上海人心目中的浪漫气氛的香港，已经隔有相当的距离；五十年前的香港，更多了一重时间上的距离，因此特地采用一种过了时的辞汇来代表这双重距离。”

张爱玲小说多取材于中国旧的一面，用过时的书名也是为了传达这种距离感。——但是这方面她所能做的也只有这么多，因为她头脑中有太新的见识，她以这见识去看她的题材，她的人物，再加上她那为旧文学束缚不住的现代表现手段，她的小说也就不可能写成通俗小说，即使《多少恨》也只是“接近”而已。只留下这样几个名字，我们现在看了颇有些怪怪的样子。

一九九一年二月二十一日

格朗的故事

“在加缪的《鼠疫》中，假如我没有记错的话，人们大大嘲讽了某个反复二十余次描写一个骑士的作家……”

最近在一本书里读到克洛德·西蒙这段话，觉得有些奇怪。在我的印象里，那个名叫格朗的完全是个正面形象，不仅因为他是献身于扑灭鼠疫的英雄，也因为他是“反复二十余次描写一个骑士的作家”。《鼠疫》读过很久了，但记得还很清楚——多一半就因为他。若说我是心仪格朗，大概我也不会否认。不错，《鼠疫》里是有一次说格朗有“一个看来有点可笑的理想”，但在另一处则不无温柔的怜悯写道：

“他明知这样的印象是愚蠢的，但他怎么也不会相信，有了那么简朴奉公，连癖好也是无可指责的公务员，这座城市竟会遭到鼠疫横祸。”

而且作者安排他从鼠疫中死里逃生，甚至穿越了死亡他也没有放弃这一癖好。所以恐怕还是西蒙记错了罢。

在《鼠疫》中，格朗是个市府小职员，对他来说，每天“晚上的时间是神圣不可侵犯的”，因为他在做一件事，“是为自己做的”，“在写一本书或类似的东西”；但是据他自己讲“这比写书更复杂些”。

“这是一份五十来页的短短的手稿。医生翻了翻，发现在这些稿纸上只是写着一句同样的话，只不过是抄了又抄，改了又改，增增删删。五月、女骑士、林间小径，这几个字一再地重复，用各种方式排列组合成句子。作者在他的手稿里还作了注释，罗列了那句句子的不同写法，注释有时极其冗长。”

有一次格朗说：

“我在这上面花了好些年工夫，必然有些收获。但也可以说并无多大进展。”

他一生只想写好一句话，但是直到全书结尾他也没有感到满意。书中用一句很形象的话来刻画他：“这对他真是个肉中之刺，不胜其苦。”——我们或许要问这是为什么呢。在小说的另一处，格朗说：

“我希望的是有朝一日当我的手稿送到出版者手中的时候，他看后站起来向他的助手们说：‘先生们，脱帽致敬！’”

这就是格朗的追求，恰如他所说的：

“应该做到十全十美为止。”

当然格朗只是小说中虚构的人物，但我在他身上仿佛看到福楼拜的影子。福氏一生只做一件事，就是写作；写得那么勤奋，以致有了“福楼拜先生的窗户”的典故。但终其一生，只成了五本书，最后一部《布法和白居榭》尚未完成，他就死了。他也是“抄了又抄，改了又改，增增删删”，每句都改到自己满意为止。莫泊桑《居斯塔夫 · 福楼拜》记述他的话说：

“某一现象，只能用一种方式来表达，只能用一个名词来概括，只能用一个形容词表明其特性，只能用一个动词使它生动起来，作家的责任就是以超人的努力寻求这唯一的名词、形容词和动词。”

这是多么困难的事，因为我们知道事实上恐怕真像格朗那样仅仅一句话也难写得满意，所以确实需要“超人的努力”。莫洛亚著《三仲马》一书引小仲马的话：

“福楼拜？这位巨人把整整一座森林转了个够，仅仅为的是能够雕刻出一个首饰匣子来。匣子没说的，可代价实在太昂贵了。”

无论从作家福楼拜自己还是从整个世界文学史来考虑，这代价都是值得的。福氏出山的时候，巴尔扎克有了《人间喜剧》，司汤达有了《红与黑》和《巴马修道院》，雨果还没收场。他得另辟蹊径。从福楼拜开始，文学多了一个评判标准：完美；在我看来，这是最高的，也是最不容易达到的标准。他有一句有名的话："离开文体无作品"，另外那几位是作家，他是作家，还是文体家。福楼拜正是文学史上少有的一位值得我们"脱帽致敬"的人物。

此事证之中国古代，有"一字千金"的描绘，有"吟成一个字，撚尽数茎须"的形容，更为著名的例子是唐朝苦吟诗人贾岛的"推敲"。浪仙自己看重的恐怕是另外两句："独行潭底影，数息树边身。"他还专门为此写了一首《题诗后》：

"二句三年得，一吟双泪流。知音如不赏，归卧故山秋。"

这真的可与加缪笔下的格朗相提并论了。大约古今中外，种种苦心孤诣，都是出于一样的文思罢。我们无论写诗还是作文，有了意思诉诸笔端要使之不走样，或者如格朗所说是"把我所想象的情景完美无缺地描绘出来"，说实在的此举乃是不朽的胜业，所以格朗的故事无论如何还是当以好言语去看了。

一九九〇年六月五日

读《燕丹子》

《燕丹子》，古小说，著者及成书年代不详，或谓在汉前，或谓萧齐之世，这就牵涉到叙述燕太子丹、荆轲事是《史记》本诸《燕丹子》，还是《燕丹子》本诸《史记》的问题。二书叙事亦颇有不同处。《文献通考·经籍考》所引《周氏涉笔》是认定《史记》在后的，其中有云：

“然乌头白、马生角、机桥不发，《史记》则以怪诞削之。进金掷蛙、脍千里马肝、截美人手，《史记》则以过当削之。听琴姬得隐语，《史记》则以征所闻削之。”

怪诞等事这里不谈，有些意思的是所谓“过当”，见《燕丹子》卷下：

“后日与轲之东宫，临池而观。轲拾瓦投龟，太子令人奉槃金。轲用抵，抵尽复进。轲曰：‘非为太子爱金也，但臂痛耳。’后复共乘千里马。轲曰：‘闻千里马肝美。’太子即杀马进肝。暨樊将军得罪于秦，秦求之急，乃来归太子。太子为置酒华阳之台。酒中，太子出美人能琴者。轲曰：‘好手琴者。’太子即进之。轲曰：‘但爱其手耳。’太子即断其手，盛以玉槃奉之。”

按《燕丹子》的写法，此时尚未说破要荆轲去刺秦王，但他恐怕已明白等着他的不是什么好差事，所以就肆性而为——其性乖僻暴虐，不近人情至于极点。截美人手一节尤其具有一种病态的美，差不多可以比之于王尔德的《莎乐美》。至于太子丹则是不惜血本，孤注一掷。这些以史家的眼光看来自是“过当”，即违反常态太过厉害，所以《史记·刺客列传》写作：

“于是尊荆卿为上卿，舍上舍。太子日造门下，供太牢具，异物间进，车骑美女恣荆轲所欲，以顺适其意。”

这是历史和小说的一点不同，我们也就可以换一副眼光看看。所有这一切其实都有一个背景，那就是“风萧萧兮易水寒，壮士一去兮不复还”。我想战国末年有一种颓废很像是世纪末情绪，国破家亡，人人都难逃死的厄运，所以言行都不似平常。太子傅鞠武曾献合纵之策，太子答道：“此引日缦缦，心不能须也。”此语最合当时气氛，谁都知道来日无多了。在荆轲的故事里，先是田光向太子推荐荆轲，太子嘱他慎勿泄露，他认为这是一种羞辱，于是“向轲吞舌而死”。然后荆轲为了取得秦王信任，又劝避居在燕的秦国仇人樊於期自杀，借他的头去，於期死后“头坠背后，两目不瞑”。及至荆轲终于带着秦舞阳成行，“太子与知谋者皆素衣冠送之于易水之上”，“二子行过，夏扶当车前刎颈以送”，大约是壮其行色罢。未曾下手已经死了那么些人。作为事件核心人物的荆轲当然更是笼罩在死亡的阴影里，那两句诗真可谓其心声，怪得“为壮声则发怒冲冠，为哀声则士皆流涕”。在这样的背景里，截美人手诸事便是可以理解的了：变异的环境使得人物性格表现出非人的一面。说来说去人都是复杂的。某个时候，某种场合，人的行为怎么“过当”其实也不为过，即使甚至不被他自己所理解。这好比一出疯狂的戏剧，太子丹、荆轲……都有自己的角色，一切都不是常态而是变态的。这等事史家出于谨慎或者不取，但是在小说却未必不是好材料也。

《燕丹子》里还有一件事，出在荆轲等辞燕赴秦途中，亦不见载《史记》：

“二子行过阳翟，轲买肉争轻重，屠者辱之，武阳欲击，轲止之。”

对史家来说，大约这也在“过当”之列，行刺之举在即，又花了老大代价，此二人竟为些许小事与屠户争执。想来太子丹种种苦心真是枉费，而田光诸位也死得冤哉。然则从人来考虑这恰是不俗的一笔。后来见到秦王，《史记》云“至陛，秦舞阳色变振恐”，《燕丹子》则详细描写为“武阳大恐，两足不能相过，面如死灰色”，这也是可能的。

一九九一年三月十日

关于卧轨

卧轨当是一件可怕的事。家父告诉我，他乘的火车曾遇上有人卧轨，辗而不死，从车轮下爬出来，跑了几步，复又摔倒，原来两只脚都没有了。这真令人毛骨悚然。不过我倒没有这种见识，所知道的关于卧轨的一点事情都是来自小说，现在能够想起来的更是寥寥。记得最清楚的莫过于托尔斯泰著《安娜·卡列尼娜》女主人公的卧轨了。那一节描写得很着力，尤其是写到她要置身轮下时：

“她想倒在开到她身边的第一节车厢的中心。可是她从臂上取下红色手提包时耽搁了一下，来不及了，车厢中心过去了。只好等下一节车厢。”

这细节真是动人心魄，唯有如托翁般大手笔才写得出。安娜死在小说的第七部末尾，虽说后面还有一个第八部，作为作品另一根主线的列文的故事还有发展，但与安娜之死比起来总觉得意思不大了。

值得注意的是小说中还有另一个人死于轮下，虽然并非卧轨自杀。是在安娜第一次见到伏伦斯基的时候，那时她甫抵莫斯科，刚刚走出车厢，就听说发生了车祸：

“一个看路工，不知是喝醉了酒，还是由于严寒蒙住耳朵，没有听见火车倒车，竟被轧死了。”

这工人死得似乎有些无端，其实是与安娜之死有所联系。因为就在安娜卧轨自杀的惨剧发生前——

“她突然想起她同伏伦斯基初次相逢那天被火车辗死的人，她明白了她应该怎么办。”

在小说中，伏笔不外乎两种：一种是情节性的，前后有因果关系；另一种是主题性的，两件事情联系在一起体现某个意思。《安娜·卡列尼娜》里两次人死轮下并非因果，当属后一种伏笔。那么这里体现的是什么意思呢。看路工的死不是一笔带过，倒像是个重头戏，很是渲染一种恐怖的气氛，更值得注意的是此事在安娜心理上造成的异常强烈的影响：

“安娜坐上马车。奥勃朗斯基惊奇地看到她的嘴唇在哆嗦，她好容易才忍住眼泪。

“‘你怎么啦，安娜？’他们走了有几百码路，他问道。

“‘这可是个凶兆，’她说。”

后来安娜自己果然同样死法。安娜的死在托尔斯泰笔下绝非是“美的升华”，而是一种名符其实的毁灭：

“他顿时想起了她，想起了那天他像疯子一样冲进车站看见她所剩下的一切：一张长桌上，在一群陌生人的围观下，那不久前还充满生命的血肉模糊的尸体，不知羞耻地横陈着；那盘着浓密发辫、鬓角上覆着几绺鬈发的完整的脑袋向后仰着；那张美丽的脸上，嘴唇半开半闭，凝聚着一种异样的神情——嘴唇悲怆凄凉，那双没有闭上的凝然不动的眼睛动人心魄，仿佛在说他们吵嘴时她对他说的那句可怕的话：‘你会后悔的！’”

关于安娜的死，书中伏伦斯基的母亲说：

“她的下场正是她那种女人应得的下场。连死的方式都挑得那么卑鄙下流。”

这话当然不能说就代表了作者的看法，但另一个人物的话我看确实是托尔斯泰借他的嘴说出来的：“审判她可不是我们的事，”——那么又是谁的事呢。这该联系该书引自《圣经》的题词来看：“伸冤在我，我必报复。”在安娜的故事里这正是上帝的声音，所谓是一篇之主旨在焉。安娜的一生差不多可以归结在伏伦斯基母亲的一句话里：

“这种不要命的热情算什么呀！”

上帝对安娜的审判就始于她初逢伏伦斯基同时发生车祸

那一刻；安娜的悲剧乃至最后她的横死，都是上帝对她的“不要命的热情”的报复。托尔斯泰因此也还是一个道德家。曾见什么书上说托翁本没打算让安娜死的，乃是人物命运的发展不得不如此。但我也想不出他会给她设计出什么比死更好的结局。

然而安娜又是一个活生生的人物，就像作为作者化身的列文惟一一次见到安娜(那时距她自杀已很近了)时所留下的印象：

“‘一个多么奇妙、可爱和可怜的女人！’列文同奥勃朗斯基走到严寒的户外，心里想。

“‘嘿，怎么样？我不是对你说过吗？’奥勃朗斯基看到列文完全被征服了，对他说。

“‘是的，’列文若有所思地回答，‘真是个非同寻常的女人！不但聪明，而且极其真挚。我真替她难过！’”

这样一个女人，她的热情、她的追求都是属于她自己的，这种追求也只能以死了结；现在的结局正好反映了历史的真实，不管作者原本的用意何在。所以这个卧轨真是不朽的一笔，作为道德家的托尔斯泰与作为文学家的托尔斯泰于是得以完美地合为一体。虽说我们一代代人总是为了安娜的命运而感动不已，倒不一定非要听那老头儿的唠叨话。

一九九〇年八月七日

不求甚解

杜工部诗："读书破万卷，下笔如有神。"此处"破"字有二义：一是用力，举例说就是"头悬梁"、"锥刺股"之类；二是用心，好比"皓首穷经"。倘取这第二义，可以作为古代一派人如何读书的代表。另外一派，则如陶渊明《五柳先生传》中所说："好读书，不求甚解；每有会意，便欣然忘食。"——顺便说一句，这段话与昭明太子《陶渊明传》中"渊明不解音律，而蓄无弦琴一张，每酒适辄抚弄，以寄其意"一节两相对照，一进一出，庶几可以看出陶氏整个的人生态度。

我从前读书时每每备有笔记一本，作摘要，记感想，说得上是前者派。读《庄子》曾花了整整四个月的功夫，把几种注本一起摊在桌上，逐字逐句对照，札记写了大约有五万字，也可以说是“如切如磋，如琢如磨”了罢，不想其实正与庄子“得意而忘言”的主旨相违。后来渐渐把态度变了，觉得还是陶公有理。而且在他之前又找到一位孟子，他说：“尽信《书》，则不如无《书》。”在他之后找到一位王渔洋，他有诗云：“姑妄言之姑听之，豆棚瓜架雨如丝。”这真是“吾道一以贯之”。总之读书无解当然不行，甚解也不算怎么着。前者有如未读，徒浪费时间耳；后者则陷入其中不能脱出，成了俗话所云书呆子了。所以说到“会意”这程度正是恰到好处。会意者，知道是怎么回事了也。

现在想来历代的诗话、词话大多是这种会意或不求甚解之作。举个最简单的例，苏轼《祭柳子玉文》：“郊寒岛瘦，元轻白俗。”比起正经的批评文章来说自然是简单到了极点，但东坡居士确是会了郊岛元白的意，所谓得其神髓者也。即如老杜之“庾信文章老更成”等亦与此相仿。诗词话中即使谈及句法章法时，也往往只是一个领悟而已。近人俞平伯《读词偶得》《清真词释》，顾随《东坡词说》《稼轩词说》，走的都是这个路子。如顾氏解说辛弃疾《感皇恩·读庄子闻朱晦庵即世》云：

“待到过片，‘一壑一丘，轻衫短帽’，徐徐而来；‘白发多时故人少’，渐渐提起；‘子云何在，应有《玄经》遗草’，轻轻落题；‘江河流日夜，何时了’，微微叹息。辛老子于此，真作到想多情少地步。吾人难道还好说他有性情，没学问？”

这里体会颇深颇细，讲得又很透彻，然而还是一个会意，我们读了于他又是一个会意，他只是帮助我们去体会作者写时那条思路，是从原作笔触的前后左右作的一点点拨。无论大处小处，这乃是凭的一种悟性，与写家的文心实在很接近。要说我是很喜欢看这类文字的，觉得亲切，往往讲到了点子上。或者要说这算不上理论，又太过琐碎，但是写诗填词乃至一切文学创作原本是不大讲理的，读读诗话词话这些会意之作倒真能得点儿具体的帮助，而那种专事演绎概念动辄就成体系的大篇说理文章实在没有什么用处，看了半天提起笔来要写的还是写不好。“甚解”说实话乃是不解。所以对那号东西我总是敬谢不敏，写不来，也打不起精神去看。

一九九〇年九月三十日

老年之作

杜诗当中我最喜欢的是《秋兴八首》，正如金圣叹在《杜诗解》中所说：

“才真是才，法真是法，哭真是哭，笑真是笑，道他是连，却每首断，道他是断，却每首连，倒置一首不得，增减一首不得，固已。”

叶嘉莹搜辑历代论家之说加以整理校评，成《杜甫〈秋兴八首〉集说》一书。凡四十万言，相当齐备了，我们虽反复玩味亦不能再多说什么，只是联想到老杜另一首七律《江上值水如海势聊短述》，其前半云：

“为人性僻耽佳句，语不惊人死不休。老去诗篇浑漫与，春来花鸟莫深愁。”

叶氏解释说：

“当年性耽佳句，必求出语之惊人，此正一种少年盛气光景，而今则年已老去，意兴萧疏，乃觉平生种种争奇好胜之心俱属无谓，……”

《秋兴八首》比这写得还晚，其时杜甫五十四岁，距辞世只差四载，算得上是“老去诗篇”了，然则此八首诗炼字炼句至于登峰造极，正所谓“语不惊人死不休”，同一时期所作之《诸将五首》、《咏怀古迹五首》等亦莫不如是，看不出半点儿“浑漫与”之意。此老其打诳语乎。

叶炜《煮药漫抄》说：

“少年爱绮丽，壮年爱豪放，中年爱简练，老年爱淡远。学随年进，要不可以无真趣，则诗自可观。”

此语颇有趣，然而不无可以推敲之处，至少需要加一个注脚。“老年爱淡远”，差不多即是通常所说的平易罢，这本是好东西，但常在报刊上看到有些老诗人之作，实在平庸乏味，不客气地讲是想象力枯竭了，我每怀疑这与老年爱淡远平易之类的事情有那么点儿干系。似乎是把两者混作一谈了。写的明明只是一篇分行的大白话，还当是在追求淡远平易呢。夫绮丽豪放简练淡远只是风格不同，诗之需要想象则是一样的。人到老年，一来想象力多少有些衰退，二来惯常的话在脑子里积淀太多，很容易就走了方便的道儿。所以越是老年作诗，越要反其道而行之，于字句结构诸方面向奇险处着力，一丝一毫也不放过，尽量发挥自己的想象力，庶几可以减少一些因年老给写诗带来的不利。这与淡远平易并不矛盾，因为淡远平易在诗里也须有想象作底子，如此才是真淡远，真平易。

现在回过头去看少陵野老的诗，越发觉得“浑漫与”这话也只是浑漫与而已，要作诗就要作得好，绝不会潦草成篇。说来年岁之渐长亦有好处，思想感情技巧均渐趋成熟，正合了那句旧话：“炼字不如炼句，炼句不如炼意。”然而炼意并不就荒废了字句，而是将炼字炼句融合其中。同是“语不惊人死不休”，还有露不露痕迹的区别，老杜到了此时，笔笔如出诸造化，还是一个“语不惊人死不休”。《杜诗言志》谈到《秋兴八首》云：

“八首先后次第，彼此照映。如游蓬山，处处谿壑迴别。如登阆苑，层层户牖相通。以言格律则极其崇闳，议论则极其博大，性情则极其温厚，举譬则极其精当。然皆其兴会所至，一笔写来，自然妙丽天成，不待安排思索。此天地间至文也，读者详之。”

“兴会所至”云云乃是我们的感觉，在作者则是花过大气力，几个“极其”实乃得来不易，然而最后却归到“不待安排思索”，此正是杜甫之过人处，诗圣这话原不是说着玩的。

一九九〇年九月二十三日

两首唐诗

范晞文《对床夜话》卷四云：

“唐人绝句，有意相袭者，有句相袭者。”

但即使是七绝也才二十八字，诗句相袭，未免有些犯忌，犯忌而能写得好，实在是难上加难。最好的例子莫过于李商隐的《夜雨寄北》：

“君问归期未有期，巴山夜雨涨秋池。何当共剪西窗烛，却话巴山夜雨时。”

此诗可以玩味之处甚多，如今只来一说他两用“巴山夜雨”即“句相袭者”的好处。范氏曾说这是“袭其句而意别者”，则后一“巴山夜雨”自不同于前一“巴山夜雨”也。这个不同，大概即如《唐诗选脉笺释会通评林》所引周挺的话：

“盖归未有期，复为夜雨所苦，则此夕之寂寞，惟自知之耳。得与共话此苦于剪烛之下，始一腔幽衷，或可相慰也。”

十几年前我曾以此诗请教若影师，承蒙函告：

“诗中‘巴山夜雨’复用乃一实一虚。”

言简意赅，说的乃比古人更深一层。诗的前半，“君问归期未有期”，是没着落的感觉；“涨秋池”，“涨”字向来看作诗眼，写出秋雨之绵绵无绝期，又体现着诗人对此的无奈。有这些作底子，“巴山夜雨”便是个苦滋味，凄凉之至。及至后半，“共剪西窗烛”，何其温馨也；前缀“何当”，与“君问归期未有期”相呼应，道出无限期待。在这情景里“却话巴山夜雨时”，我倒觉得不一定是“共话此苦”，“巴山夜雨”好像只是此情此景中的一个话题而已，是一点爱意把种种孤独、凄楚尽皆化解了。这也就是由“实”转到“虚”，把实在的苦虚化了。此诗的意蕴都可以归于“巴山夜雨”的前后不同之中，而这个不同，又全是我们体会出来，诗人在字面上几乎没有一丝儿表露，只有前边说到的一个“涨”字，其实也可以看作是中性的形容词。我们不能不称许诗人真功夫，正如纪昀《玉谿生诗说》所云：

“作不尽语每不免有做作态，此诗含蓄不露，却只似一气说完，故为高唱。”

何焯称此诗为“水精如意玉连环”，又说：“荆公屡仿此。”（《李义山诗集辑评》）大概《封舒国公》即是其中之一：

“桐乡山远复川长，紫翠连城碧满隍。今日桐乡谁爱我，当时我自爱桐乡。”我看这便有些拙劣。当然也不是说此种写法就是只可有一，不可有二，譬如《本事诗》里那首据说是崔护之作：

“去年今日此门中，人面桃花相映红。人面只今何处去，桃花依旧笑春风。”

这也是“句相袭者”。诗里意象更为疏落：一“门”、一“人面”、一“桃花”而已。三句中“人面”即二句“人面桃花”中“人面”，四句中“桃花”亦即“人面桃花”中“桃花”。但是“人面桃花相映红”，二者是合为一体，就都生意盎然。如今忽地打成两截，一个派到三句，一个派到四句，感觉就不一样。“人面只今何处去”，只剩下“桃花”便没有了人间的意味，愈开得繁盛，“依旧笑春风”，愈是无情。所以这里的感受是很深的，但也尽在字面之外。“袭其句而意别者”，此诗与李义山所作可以说是无独有偶了。

一九九三年一月二十七日

《失恋者》序

八五年冬我在成都逢着沙鸥先生，谈到诗，他是有意要把写诗的路数改变一下子，我也因此贡献一点意见。他本以写八行诗知名，诗坛叫做“沙八行”的，但是三十年里一种形式写得太多，未免烂熟，思维成了定式，后来要写出绝妙之作也难，我因建议他衰年变法。我们还在谈着，他已开始写后来称为“新体”的诗了，本书上卷中《锦江》以下十首均是当时所作——开始我只觉得是孕育了一个好的气势，他这些诗第一次发表出来也只是用了《横笛试吹》这样的题目，谁都不料如今竟成蔚然大观。我每每因此想起“凤凰涅槃”这句话，且喜如今有机会得以说与先生听也。

诗人自己这么谈论他的新体诗：

“这是一种探索，是中国传统诗与当代西方诗如何结合的探索。对我来说，还是建立一种新的形式的探索。八年来，我在我的八行体诗的基础上，逐渐找着了我国古典绝句、散曲与西方意象派、超现实主义派的结合点，也找着了对我自己比较适合的形式。”

亚非兄前些时也有封信说：

“以前的诗把一切都概括到一个生活环境中去写，而现在则打破了具体的环境。或者说，以前是在表现生活的同时去倾注作者的感受和感情，而现在是将生活的外壳打破，主要揉合成了一些意象，来表现诗人的精神世界。强化了时空跳跃，强化了主观的东西。艺术像一棵树，它植根于泥土，生长出来的却决不是泥土。”

我觉得这些话都说得很好，所想要补充的只是我还从这里体会到一种“万物皆备于我”的气象，诗人表现了一个比以往自由得多的心灵。虽然在他是屡经坎坷，晚年尤甚，但是写诗却从未像现在这样随心所欲，无拘无束。初入诗坛时，他由少陵野老“飘飘何所似，天地一沙鸥”之句为自己取笔名，是有其抱负在焉，也许直到此时才算真正实现，只不过那个飘飘何所似的背景仿佛诗人自己的胸襟罢了。

拿新体诗与从前的诗比较来看，诗人的风格由清新明丽一变而为沉郁深邃。我读他的诗总感到有一种苦味，不在字面写着，须得细细体会。我不敢说我已有“谁谓荼苦，其甘如荠”那么一个品味的态度，但是清楚人间百味之中，惟有这苦殊为难得，因为不是随便可以从哪儿抓来放入诗中去的，而是要有多少阅历才能煎熬得来。这点苦味，扩大来说，也就是通常我们所说的忧患意识罢，是人生的，也是历史的。所以他也还不能算是那种“自我关注者”，若拿入世出世来界定，恐怕还是当归入入世一派罢。

诗人所作大致可分为三类：写爱情的，写风景的，和二者之外其他题材的诗。前二部分另有编集，这里所选是第三类。诗集是先生手编，他嘱咐我在卷首写一点文字以为纪念。我想我别是后台喝彩罢，但是无论如何我能做多少知道先生的一人，于我真觉得是一种福分。这两天我与亚非兄谈起先生，觉得他一生追求诗的完美，这一点是为我们后生小子所不及。写到这里忽然想到老杜的一联诗：“敏捷诗千首，飘零酒一杯。”原来后者是作了前者的代价了，我不如把这现成的话赠与先生罢，此外所想说的也只是祝你平安这样一个意思而已。

一九九三年八月二十四日

《寻人记》序

沙鸥先生写爱情诗，说来已有好多年了：四十年代最初的《农村的歌》里即见收录，五、六十年代《故乡》《初雪》诸集亦有刊载，然则那还只是零散篇什，较成气候是在七十年代之后。一九八五年起改写“新体”，这类诗差不多占了大半。晚年他把平生所作诗精选为五册，爱情诗竟居其三：已出版之《情诗》《一个花荫中的女人》，还有眼前这本《寻人记》——诗人告诉我，这乃是给他的爱情诗“画个句号”之作，可见它的分量。至于他晚年常说的“好诗应具有七个要素，即：立意深，构思巧，形象美，感情真，意境浓，语言新，手法奇”，此书也可当作一个例子。

诗人几十年来所写的爱情诗，我大概都读过，其间有两个变化很可留心：一是诗中的主人公由别人变为诗人自己，这约略是在七十年代他大量写此类诗以后；二是诗的境界由明快变为沉郁，这与他开始写“新体诗”大致是同步的。或者要说诗人莫非是不闻不问天下之事，专门陶醉于个人感情之中了么，那也未必。依我看来，沙鸥先生的爱情诗，特别是晚期所作，承的本不是《香奁》《花间》的余绪，倒是与玉谿生的《无题》有些仿佛。这原来是中国诗的传统，所谓“托芳草以怨王孙，借美人以喻君子”是也。但历来论家谈论时总说是句句皆具体有所指，则又不免流于穿凿。总之首先还是爱情诗，只是不仅仅是罢了。前述之《香奁》等与这样的诗的区别在于：一类诗不能放大来看，一类诗可以放大来看；一类诗引起读者某一方面的共鸣，一类诗引起读者不止一方面的共鸣。这里不谈二者的高下，但在读《一个花荫中的女人》和《寻人记》时，我是不只拿它们当作爱情诗来读的。

从前翻看唱经堂批的两部书，见卷首缀着《读第五才子书法》《读第六才子书法》，觉得此老未免忒饶舌些，没有您的点拨，难道咱们还读不懂《水浒》与《西厢》了么，若真是如此，这样的书不读它也罢。但后来我在《读第五才子书法》里瞧见“大凡读书，先要晓得作书之人是何心胸”这么一句，不禁明白金氏所写乃是一己之心得，遂又体会到其好处。如今趁作者叫我为《寻人记》写序的机会，不妨效法前贤，也来说几句类似的话罢。第一，这些诗每首都写到“你”，这个“你”当然指的是女性了，但不光是这样，“你”还是个象征，它可以象征很多东西，诗人是把他与整个世界的关系浓缩到诗里与“你”的关系之中了，这些爱情诗其实都可以当作象征的诗来读的。第二，诗中反映的情绪是很复杂的，这些情绪并不能单单为两性之间的关系所囿，而应该放入一个更大的背景，它与我们人生中的某些境遇相通融，因而在很多方面求得读者的共鸣。第三，“新体诗”打破了单一的情景，不同的层面，丰富的意象组合在一起，这样就常常出现一种突然的“插入”，或是对历史的反思，或是对现实的观照，读者由此被引到比爱情深远沉重得多的天地。不同的层面在诗中正是以某种情绪相联系，而趋向于同一的意境。这些特点，在本书最后一辑里是表现得最圆满了。

清人吴乔所著《围炉诗话》谈到《无题》这类诗，说：

“皆是一生身心苦事在其中，作者不好明说，读者不能即解。”

他是从被动的一面着想，如今我倒是更强调主动的一面。

夫诗以含蓄为要，倘是有什么说什么，“看过即无回味”，爱情诗不成其为爱情诗，诗也不成其为诗了。至于“读者不能即解”，恐怕也未必是件坏事罢，有些诗本来是要细细品味的。

一九九三年十一月二十二日

读诗札记

峡中

山外还是山，
层层的高山。

灰蓝、淡蓝，
远的恰似一片烟。

激流涌着漩涡，
扑向窄巷般的山涧。

只见江轮过处，
浪卷石崖满河乱。

这首和以下几首诗皆为沙鸥先生所作。《峡中》有似一则小品。诗人面对风景，取的是静观的态度。一些印象和感觉，成就了一个境界。但也看不大出造境的痕迹。全诗只有两处比喻算是渲染，其余都是白描。

前四句写山。写的说是山，倒不如说是山给诗人的感觉。干吗特地点出这个差别呢。因为虽然一切客体都是被感觉到才能被写出来，但确是有个第一性与第二性的不同，后者就有些主体的成分。诗人在这里又不是特别强调主体，他所写的感觉是初始的，不经过加工变形的，而且都限制在视觉范围之内。“山外还是山，／层层的高山。”这种重复写法完全是表现感觉。而第二节又从色彩上写感觉的另一层次。“层层的高山”，也有层层的色彩：“灰蓝、淡蓝，／远的恰似一片烟。”虽然对山始终是从总体上感觉的，但这感觉相当准确、细致。后一句感受的成分多过想象的成分。前句两个“蓝”字叠用，本身就有种渐进的意思，所以这“一片烟”给我们的感觉便是逐渐变化的一层层越来越淡的灰蓝色，最后完全融入天空。我们由此想象山的多，山的高，山的远，可以想得很深很远。诗人这么把握自己的感觉，又这么表达自己的感觉。

后四句写水。从心理距离上讲，这水比那山要近些，所以写起来就实些，接近于具体描写。“窄巷般的山涧”用个比喻句，形象而且凝练，较之直接描写要省去好些笔墨，效果却在后者之上。点出“山涧”，好与前四句有照应，为使针线绵密。后面出现“江轮”的形象，这好比是视觉中心所在，别的都是背景。后四句写水流，在节奏上也应和了水流的节奏。“激流——涌着——漩涡”，三个音节字数相同，有如水流一涌接着一涌；“扑向——窄巷般的——山涧”，中间的音节字数加了一倍，让人体会到水道狭窄、险峻；“只见——江轮——过处”，回到第五句的音节，好像过了一处峡口；“浪卷——石崖——满河——乱”，音节短促，用个单音节词煞尾，仿佛水流湍急，漩涡都拧在一起。后二句有些旧诗味道，更有力些。“乱”字是诗眼所在。由“涌”到“扑”到“卷”再到这个“乱”，正是越来越急，越来越猛，越来声势越大。四个字都见功力，都是炼字所得。

“浪卷石崖满河乱”也体现了诗人的一个俯视视角，视野也就显得很开阔。前半首写山，着意在静，取个仰角；后半首写水，着意在动，取个俯角，诗人的心境是趋向于静的一面。诗的境界就在静与动之间。静也好，动也好，都是大自然本身的自然状态，诗人不加干预，是个“不将不迎”的态度，正所谓：“山是山，水是水。”

旷野

一望无际的绿色里，
黄的菜花，
紫的苜蓿花，
一小块、一小块。

晶晶的小河中，
有白的帆影和白的云，
淡灰的风车竖在河边，
缓缓地转动。

这首诗是纯粹极了的白描。只作描述，不加修饰，所有的形容词，只限于最初始的感觉，一点不绕圈子。素朴到了这个份儿上，又要有诗味，的确很难。不过在诗人自己，大概只是想追求一种清新，白描的手法正对路子。诗人仿佛只是想画一幅清新的画。

这幅画里东西很多，色彩不少，但是不散不乱。诗的结构很谨严，针线也很绵密。诗分两节。第一节虽是又有菜花又有苜蓿花，但统是在那一望无际的绿色包围之中；第二节从天写到地，而一切都被河水映照着。这是一幅笔笔有致的画。

诗的第一节力求展现旷野的广阔无边。首句以“一望无际”来描绘，“一小块、一小块”叠用，突出了这种一望无际的感觉。虽是白描，字句与意象的选用也不可不用心的。第二节继续画这幅画，但是写到这儿，画面活动起来了，河水在流淌，帆在行走，云在漂移，帆影与云影又都被流水带向远方，巨大的风车亦在兀自转动。这种动，既未有始，又未有终，徐缓而悠长，细细体会自有时间变化的意思在其中。诗的色彩，一向都很明快，小河以“晶晶的”形容，亦是清明可鉴，到第七句出现“淡灰”，色彩稍稍暗了；水流、帆行、云移，都是悠悠然的，而风车“缓缓地转动”，稍显沉郁，这些都与时光的永恒流逝相应合。由此便能体会到某些诗中没有写到的东西，在其中一切都消融了，诗的意境就这样达成了。这幅画就是活的。“诗中有画”，从来说的多了，但若只是死死板板一个画面，呆照一般，也算不得什么。须是有意境，才叫“诗中有画”，《旷野》可谓得其神韵。

新月

新月一弯，
像一条小船。

我乘船归去，
越过万水千山。

花红。夜暖。
故乡正是春天。

你睡着了么?
我在你梦中靠岸。

起头一节，算不得奇。这个想象时常有的。有人写文评为“脱口而出”，诚哉斯言。

“我乘船归去”，从前一节顺理成章得来。月既如船，乘之何妨。这里想象是往前发展了一步。这句也不奇，但实是要紧的一环：为诗人的想象确定了一个方向。由第一节，想象可以向这里那里发展，诗人作这选择，当有他的道理。“越过万水千山”，又是自自然然，是船当然就得行了。但这一句局面甚大，带得诗的境界都开阔了。

第三节承接前一句而来。把月想象作船，便不在月本身做文章了，也做不出什么文章，做出来必得嫌小。诗人在那船之行走、抵达上着笔墨，这便有了天地。这一节又是要引人入得一个氛围。全诗写的是相思，“故乡正是春天”，最是合意。光说春天、故乡，未免空泛。于是写了“花”，写了“夜”，花标一个“红”字，夜取一个“暖”字，一是视觉的，一是温觉的，故乡春天的意思都有了。这两字看似平平，其实特意挑的。浓艳、温馨，正是相思的气氛。

“你睡着了么？”用问句，相思之意溢于言表，正与前一节的气氛紧密相应。这句又为末一句垫底。“我在你梦中靠岸。”则以月当船，乘船远行，遂有个着落，而着落得如此奇特，至此可以悟出前面何以作那些铺垫，诗人又为何要选择这个想象的发展方向。这一句令前面尽皆奇了。当然诗意还不仅于此，一向只说了“我”这一面，还有“你”呢。两地相思，原是彼此之事。你本在梦中想我，我这番奇瑰的远游竟作了你梦的内容。这样此地之我，彼地之你，我之想象，你之梦境，由着一弯新月，几许清光，全都合作一体，写相思也算写得深了。

诗人实在是凭着他的想象力，一味挖掘到底，硬是化平为奇，变小作大，倘以“铤而走险”喻之，大约也不为过罢。

故居

这临江小屋是空的

像我的日记

落花

　　夕阳

　　　　消逝于遥远的浪

渔船还在江上追寻
把网
撒向我的脸

谁在喟叹

觉林寺

楼群。公路
彩绘的瘦小佛塔

不是我的

月夜
苗圃的小路
　　你鬓角的柔发
　　弹拨着我的细语

一张张棋盘
只剩下残局

两首诗都是怀旧之作，表现的都是失落感，都写得苍凉、沉郁。但两首诗的路数不一样。《故居》着意在主体（也就是诗人自己）与客体（诗人的故居）之间的几次认同。第一次认同是在第一节："这临江小屋是空的／像我的日记"，用的是比喻手法，认同之处在于"空"，是空间意义上的认同。诗的第二节："落花／夕阳／消逝于遥远的浪"，可以理解成诗人有意选取的几个意象，也可以理解是对环境的实在描述。第三节中"渔船还在江上追寻"起个承先启后作用，"把网／撒向我的脸"这个虚实变化的句子完成了第二次认同，但这次已经转化成时间意义上的认同了。这个转化原是在第二节里暗暗实现的，那里对空间的描绘已经被赋予了时间的意义。最后一次认同是在最后一节，只有一行："谁在喟叹"。这儿可以说是主客体已经处在对等的位置，我叹风景，风景叹我。更深的意思则是我与风景俱已消融，只有一段历史在独自喟叹，仿佛有所反思。诗也就此打住，正是恰到好处。

《觉林寺》走的另外一个路子。基调是主客体之间无法认同。诗的第一节是对客体（现实中的觉林寺）的描绘，"楼群""公路"这两个物象不用任何定性的词来形容，就显得它们与主体很是隔绝，而把这么两个词放在一起，又能使我们感到诗人是在这隔绝的环境里寻觅着什么。“彩绘的瘦小佛塔”，“彩绘”从颜色写，“瘦小”从形状写，总之都是非常别扭的感觉。塔当是新修复的，并非原来的样子。诗人找不到他要找的东西了。这就逼出下一节来，只是一句：“不是我的”，这可以说是大失所望，是对现实的一个拒绝，于是接下去写记忆：“月夜／苗圃的小路／你鬓角的柔发／弹拨着我的细语”。现实是物的，记忆是人的，二者有个鲜明对比。这个对比升华为最后一节：“一张张棋盘／只剩下残局”。没有这一节，诗便太小太浅。这本是对前面的一个感受，但概括力又很大，可以超越前面的内容，从而达到一个与之不同的高的层次。

两首诗都是从描绘某个具体情景入手，这是诗人惯常的写法。这写法好处是来得实在，不空；但倘若不能从那情景中跳出来，诗的局面就不免逼仄，意境的达成就受到限制。因为意境的实质本来就是从有限到无限。《故居》和《觉林寺》在这方面说得上是成功的例子。这个“跳出来”原来是就诗的意思而言，但在字面上也有迹可寻。《故居》中主客体间的三次认同，也就是一步步由具体的情景趋向深远的意境，由有限到无限。《觉林寺》是由一个情景写到另一个情景，现实是个实景，记忆是个虚景，在最后一节诗里，两个情景都打破了，我们体会到的是更广阔、更深邃的东西。好诗不是把人关在什么里面，它是向意境开的窗子。

一九九四年十一月十七日改

野谷的诗

野谷是新诗里的婉约派，他的气象与宋末的草窗、玉田辈相近。喝惯了啤酒与甜饮料的人恐怕大不爱喝清茶，可是野谷的诗就有清茶淡淡的颜色，淡淡的香味，和淡淡的苦涩。大致说来，“清婉哀怨”可以概括他的诗风。讲到诗，大家的印象总不免要夸张一下子，但野谷写诗，他知道诗意才最要紧，没有诗意夸张也不行，有了诗意就用不着再夸张；他有这个把握，所以另外走一条素朴的路。他没有强加于人的意思。

并不是说他写得不费劲，相反倒是很不容易，但功夫大抵不是用在“增”上而是用在“减”上，尽量用节俭、准确的字句表现他的诗意。例如这一首《井》：

日子是石块
砌深了井围

云飞去
鸟飞去
孤独的眼
凝望着

注满了泪
流不出来

这里首先让我们感到字句真是纯净，可以说没有什么是多余的。作者一生的感受只落在一个隐喻上，别的枝枝叶叶都修剪去了。只有很少的形容，譬如第一节里的“深”字，第二节里“孤独的”，最后一节里的“满”字，都是易之不得，极具表现力的。其中删繁就简的手段，正如《蕙风词话》所引半塘老人的话：

“恰到好处，恰够消息。毋不及，毋太过。”

锤炼的结果，意思一点儿也不单薄，反倒很圆满，充实，特别是第二节的前二行，不光是对前节中“日子”的呼应，诗的局面也阔大多了。

这首《井》最能让我们认识野谷的风格：所谓“婉约”也只是他美学上的追求，要是说到诗的情感与寓意其实倒往往是很强烈的，这里既有诗人一生的感怀，又有诗人的生存状态，由此郁结于心中的东西，就不是很淡薄、很简单的了。或许也正因为如此，才由得他淡淡的去写；差不多每一首诗里，他都把多年的体验放进去。

仿佛野谷是不愿意诗的张力露在外表，它藏在诗的内底里。情绪是真有的，并非渲染出来，所以宁缺勿滥，宁肯少说一点儿。他知道说得太多常常反倒破坏了效果，而大凡诗没有真东西才要做出样子来；况且写的都是小诗，只有这样才能去表现更多更深的东西。例如《绕船的燕》：

不是去年的门闾
旧巢哪去了

满眼西风
不舍
无定的翠楼

每个季节都洒杏雨
呢喃码头更迭
不悔的江岸

这诗很含蓄，意思都伏在深处，短短篇幅又极尽曲折，每一节都有一转：第一节，从回归到失落是一转；第二节，从厌倦于西风到对翠楼的依恋是一转；第三节，为变动所累到终于不悔，又是一转。这种曲折与其说是铺陈的结果不如说是剪裁的结果——说到底还是原本的意思曲折，剪裁去多余的字面反而把它显出来了。况周颐在《蕙风词话》里谈到此类咏物之作时说：

“问：咏物如何始佳？答：未易言佳，先勿涉呆。一呆典故，二呆寄托，三呆刻画，呆衬托。去斯三者，能成词不易，矧复能佳，是真佳矣。题中之精蕴佳，题外之远致尤佳。自性灵中出佳，从追琢中来亦佳。”

我常想这个“呆”字说得真对，总之是不停滞在那儿，由着它流动，由着它变化才好。《绕船的燕》正是“勿涉呆”。

读野谷的诗，觉得内容愈是有份量，他愈是“减”，愈是爱用白描的写法。下面这首《外婆》可以说是天籁了：

又老又穷
那就是外婆

她总是不安地说
“我没什么带给你”

待我懂得时
她已长眠地下

有什么比得上你的深厚
外婆，你给了我妈妈

当然这里也有小小的经营，但是化得太好，不露痕迹。他写外婆，仅抓住“又老又穷”，其余都舍去了，由此引伸到二节中“我没什么带给你”，是为四节“外婆，你给了我妈妈”的铺垫，然则此种感受，须得隔着生死才有强度，于是乎三节亦是一层铺垫。始终是剪裁的路数，然而天衣无缝。“减”也表现在色调上，他不大喜欢色彩繁复，更不用大红大绿，他的诗里没有“五色乱目”，这或许就是本色罢。本色而是诗，而且诗意浓郁蕴藉，这最难了。

野谷年近七旬，写诗五十年了。他的诗不算太多，新近出版的《夜渡》一集，收录了他二十多年来的诗作，虽只薄薄一册，但份量很重，他有他独有的风格。

一九九四年八月二日

《凝望》序

野谷叔叔是先父沙鸥先生几十年的朋友，先父晚年蛰居重庆的时日，他们往来最为密切。叔叔前一本诗集《夜渡》付梓的时候，先父曾撰写了一篇后记；现在他又一本诗集完稿了，我想如果先父还活着，恐怕也还会写为老朋友的新著写一点东西。可是这已经是不可能，他去世如今整整三年半了。前些时接到野谷叔叔的来信，叫我为这书写一篇序，我知道这既是他对故友遗孤的扶助，同时也是对死者一种特殊方式的怀念。我很感谢他的厚意，因而不能推辞；虽然我自愧愚笨，深恐所写的东西太不成样子，玷污了叔叔的大著，也对不起死去的父亲。我也只有勉力而为了。

从前我为《夜渡》写过一篇评论，在那里我把作者称为“新诗里的婉约派”。我说：“仿佛野谷是不愿意诗的张力露在外表，它藏在诗的内底里。情绪是真有的，并非渲染出来，所以宁缺勿滥，宁肯少说一点儿。”“读野谷的诗，觉得内容愈有份量，他愈是‘减’，愈是爱用白描的写法。”这回读他的新作，我觉得这个特点就更加鲜明。他最大限度地有赖于“言外之意”，字面上体现出来的诉诸感官的东西，比如说意象等，是被尽量克制着使用，我们因而可以说“白描”是他的诗最主要的特色了。我想起叔叔和先父多年在一起切磋诗艺，可是他们的风格就有那么不同，这也是一件有意思的事情。先父的诗何其瑰丽，真是一种“感官的飨宴”，而且愈到后来愈是如此；野谷叔叔则喜欢质朴，他们各有各的成就，在我看来都是在中国新诗好的方向上的发展。

我自己也曾学诗多年，虽然没有多少出息；我写诗走的路子说来比起先父的那个方向还要“过”一些，若以《辞源》的说法是近于“质实”了，也就是意象用的繁密。然而我对于野谷叔叔所代表的一路诗的写法，可以说是心向往之。我觉得追求质朴，或许对诗人来说就要更坚强一点儿罢。因为中国新诗虽然已经有了八十年以上的历史，但是还很年轻，换句话说就是还很幼稚。为什么这样说呢，我们可以拿中国新文学别的形式来比较一下子。在那里是从作者、读者直到评论家大致上都已经有了一个分出高低好歹的观念，即使一时好的作品还没有那么多也就不吃紧；而在新诗，虽然就部分作者而言已经达到了极高的水准（譬如鲁迅的《野草》），然而就大多数作者、读者和评论家来说，到底什么是诗什么不是诗直到现在还没有搞清楚呢。对诗来说只有诗意才相当于生命，别的都还在其次，这本是天经地义、不可移易的，但是几十年间大家其实始终不能够在这件事情上达成共识。可以说中国新诗从整体上至今不曾建立一个诗的观念。在这种情况下，我想把诗写得漂亮些或许还是保险一点儿的，因为这样好歹在直观上看起来跟平常我们说话不大一样，容易叫人知道这乃是诗，不能像平常说话那般对待。若是质朴一路则能有多少人去体会那平平常常的字句里面蕴涵着的诗意呢。现在老是说诗歌不景气，我想一方面不拿诗当诗去写，一方面不拿诗当诗去读，这种不景气岂不也是该着的吗。而野谷叔叔就是在这样的背景下专心致志地写他的诗，坚持他的风格，追求他的诗意的。多少年来他走过了一条寂寞的路。对此我作为一个晚辈和读者，始终是对他存有一份敬意的。

然而野谷叔叔的诗所给予我的也不仅仅是美学意义上的愉悦，我从他的诗里还更真切地了解到他是个怎样的人。从前读《夜渡》就处处体会到一种苦涩的味道，在这本新作里是更明显了。他最喜欢用的是白描的手法和平易的语言，他的风格最基本的特色是质朴，所以他的诗很少描写到色彩，但是我常常感到他诗歌里的天空是阴郁的，仿佛堆积着厚厚的乌云似的。作者在诗中表达了他对历史，对这个时代，对人的命运（特别是对生活在低层的最普通的人的命运）深深的忧患意识。他是个悲天悯人的诗人。有这个做底子，所以他的诗无论写得怎样平易质朴，都自有它的分量。在这一点上野谷叔叔和先父又是殊途同归的。这使我想起他们真是挚友，前面我说他们常在一起切磋诗艺其实是揣想，我知道两位老人平时见面一定倒是谈论时事要更多一些。而在我看来在人世间恐怕也只有悲天悯人这一情怀最质朴，最结实，也最可以令人感动。

一九九八年六月六日

［补记］此篇原收《六丑笔记》，实与前一篇相为表里，故移到这儿。野谷，原名成善棠，重庆忠县人，生于一九二五年，故于二〇一六年。我最后一次见到他还是一九九三年夏去重庆接父亲回北京治病，父亲即于次年冬下世。我的上一辈人陆续都不在了，思之既哀且惧。重录两文，以为这位老诗人的纪念。

二〇一八年三月五日

卷 三

西施东施

这个故事始见于《庄子 · 天运》：

“西施病心而矉其里，其里之丑人见而美之，归亦捧心而矉其里。其里之富人见之，坚闭门而不出；贫人见之，挈妻子而去之走。彼知矉美而不知矉之所以美。”

据王先谦《集解》，矉，“字同颦”。《通俗编 · 妇女》云：

“此寓言，其丑人未尝著谁某也。《太平寰宇记》载诸暨县有西施家、东施家，黄庭坚等始凿言东施效颦。”

是先有西施而后有东施也。——《天运》列《庄子》外篇，一般说是庄子后学所作，从这段话最末一句中的两个“知”字和一个“所以”似乎也可以看出来。但其行文还是得了庄子的神髓：写西施之美不著一字，正好比是“天地有大美而不言”，说到效颦的丑则好有一通渲染。《庄子》美文，这也是一例。

关于西施的美我们其实也没有更多的话可说。西施本来就美，不颦也美，颦也美；颦所以美，是以美人病心不得不如此也。即如成玄英《疏》所说：

“西施，越之美女也，貌极妍丽，既病心痛，嚬眉苦之。而端正之人，体多宜便，因其嚬蹙，更益其美。”

而他关于“所以”的解说就更简当了：

“嚬之所以美者，出乎西施之好也。”

说到东施就有些麻烦，因为上来就说她是“里之丑人”，所以难免一举一动都让人觉得丑。但是《庄子》一书又曾经赞美过多少丑人。如《德充符》篇中断足的申徒嘉对看不起他的子产说：

“吾与夫子游十九年矣，而未尝知吾兀者也。今子与我游于形骸之内，而子索我于形骸之外，不亦过乎。”

又如说到极丑的哀骀它：

“丈夫与之处者，思而不能去也。妇女见之，请于父母曰与为人妻宁为夫子妾者，十数而未止也。”

若东施则何丑之有呢，我们莫不是对其苛求太过。所以这里所谓丑，首先不在东施，而在效颦，即成《疏》说的“见而学之，不病强嚬”。东施效颦，只是丑得更厉害一点儿而已。换一个本来不丑的人来效颦，只怕一样要蒙这个丑名儿。

成《疏》把效颦说成是“舍己效物”，也就是说失了本色，或者说失了本性，这话讲得透彻。《德充符》篇里申徒嘉、哀骀它诸位所以不丑，是因为他们“审乎无假而不与物迁，命物之化而守其宗”。因此《庄子》里很高的一个境界是：

“人莫鉴于流水而鉴于止水，惟止能止众止。”

这个意思也不外乎就是崇尚自然。王夫之《庄子解》说得很好：

“或水或陆，或祖梨或橘柚，或颦或笑，或古或今，或周或鲁，各因人，因天，因物，而皆其自然。取彼之所然，为此之所然，则舟其车，甘其酸，妍其媸，以冀同于有方，进不成乎治，而退且失其故。故自然者，无不可因也。因其自然，乃以应时物而不穷。”

从这一点出发，东施如果不效颦，她也可以不丑。故庄子所谓美，也正是个无为之美。无为当然不是什么也不干，西施之颦也是“为”，云破月出、花开花落乃至四季流转等等也是“为”，但又都是“无为”：不事刻意、自然而然而已。

一九九二年十二月二十六日

阳子之宋

上回讲到西施东施，对于美的一方面只是敷衍几句，因为《庄子》原文的主旨并不在此，虽然我们还有些话要说。在《庄子 · 山木》里另有一节，倒是可以接过话头儿来。

“阳子之宋，宿于逆旅。逆旅人有妾二人，其一人美，其一人恶，恶者贵而美者贱。阳子问其故，逆旅小子对曰：‘其美者自美，吾不知其美也；其恶者自恶，吾不知其恶也。’阳子曰：‘弟子记之，行贤而去自贤之行，安往而不爱哉。’”

这里的意思当然都在末尾阳子的话上，但是“行贤”“安往而不爱”之类的说法已去庄子本意甚远。其实前边的故事还有趣些。历来对美恶二人遭遇的解释，都是从“行贤而去自贤之行，安往而不爱哉”推断而来。如成玄英《疏》云：

“美者恃其美，故人忘其美而不知也；恶者谦下自恶，故人忘其恶而不知也。”

王先谦《集解》则有“自美而骄亢”和“自恶而卑下”的补充。及至近人钟泰著《庄子发微》，更说：

“‘美者自美’，自以为美则骄亢，骄亢则招憎，美为憎掩，故不知其美。‘恶者自恶’，自知其丑则谦和，谦和则得怜，恶为怜掩，故不知其恶也。”

这就未免有些勉强。我总觉得上述诸家太过强调那个“故”字，即太过强调“其美者自美”与“吾不知其美也”之间的因果关系，好多心思都花在这上边，实有胶柱鼓瑟之嫌。王夫之《庄子解》云：

“恶者自见为恶，而人尤爱之；若夫忘美忘恶，则已且不知，而人又何从施其爱憎。”

较之前述诸说较胜，然终觉隔了一层纸而尚未捅破也。

“美者自美”，阳子亦曰“其一人美”，逆旅小子却说“吾不知其美也”，乃至“贱”之。如此则三人而二见。站在“美者”（无以名之，姑且如此名之罢）与阳子的角度看，她算是美；站在逆旅小子的角度看，算不美。这里的区别，正合乎《庄子·齐物论》所说的“此亦一是非，彼亦一是非”。此以为美，彼“不知其美”，因为彼此各有其美恶之是非。庄子尝举例云：

“毛嫱、丽姬，人之所美也，鱼见之深入，鸟见之高飞，麋鹿见之决骤。四者孰知天下之正色哉。”

鱼、鸟、麋鹿与人之不同，类乎“美者”、阳子与逆旅小子之不同也。“美者自美”，在“美者”自己与阳子那儿行得开，在逆旅小子那儿就行不开矣。所以诸家解说，还以马其昶《庄子故》最为恰当：“不恃美。”寥寥三字，是得其精髓者也。天底下没有绝对的恶，也没有绝对的美，因此“美”不足以“恃”。说来一切有为中实在是以“有恃无恐”最是不宜，弄得不好落到“贱”的地步也未可知。如此则前述成、王、钟诸位的话也不白说了。

《齐物论》旨在去除“成心”，即一切绝对的、固定的看法，无论这看法来自自己，或来自别人。“阳子之宋”也是此意。庄子之道是自然之道，去除成心便是自然。王夫之《庄子解》云：

“以正而待者，虚无所倚。虚者，天下之至正也，见美恶焉，则倚矣。无倚则物物以为物祖，美恶皆受成焉，人其能以美恶相加乎。”

美者如果一举手一投足都想着自己是如何如何的美，也就谈不上什么自然，所以自美不美。如果从更高的层次看，正如庄子所说：

“故为是举莛与楹，厉与西施，恢恑憰怪，道通为一。”

原本都是一回事，更没有什么可“恃美”的了。

一九九三年一月九日

臆想天籁

《庄子 · 养生主》记有“庖丁解牛”一事云：

“庖丁为文惠君解牛，手之所触，肩之所倚，足之所履，膝之所踦，砉然向然，奏刀騞然，莫不中音。合于桑林之舞，乃中经首之会。文惠君曰：‘嘻，善哉，技盖至此乎。’庖丁释刀对曰：‘臣之所好者道也，进乎技矣。始臣之解牛之时，所见无非牛者。三年之后，未尝见全牛也。方今之时，臣以神遇而不以目视，官知止而神欲行。依乎天理，批大郤，导大窾，因其固然。技经肯綮之未尝，而况大軱乎。良庖岁更刀，割也；族庖月更刀，折也。今臣之刀十九年矣，所解数千牛矣，而刀刃若新发于硎。彼节者有间，而刀刃者无厚；以无厚入有间，恢恢乎其于游刃必有余地矣，是以十九年而刀刃若新发于硎。虽然，每至于族，吾见其难为，怵然为戒，视为止，行为迟。动刀甚微，謋然已解，如土委地。提刀而立，为之四顾，为之踌躇满志，善刀而藏之。’文惠君曰：‘善哉，吾闻庖丁之言，得养生焉。’”

《庄子》“寓言十九”，这段也是，是以解牛喻养生；我的兴趣则在别一方面，即“技”与“道”之间可能存在着的某种关系：或许把技完善到那样的程度，它不再局限于仅仅是一项技，超越了技的所有功利目的，同时也超越了技者自身，也就是通常说的“忘我”，它就有可能达到道；从技者方面考虑，他是在一种行为之中使自己升华到某个境界。此处庖丁的行为是解牛。这个意思，在庄子后学那里得到发挥：《天道》篇中是轮扁斲轮，《达生》篇中是痀偻者承蜩，津人操舟，丈夫游水，梓庆削鐻，《知北游》篇中是大马之捶钩者捶钩。对道的肯定并不意味着对技的否定，行为的指向是以行为作为出发点的，当然它也仅仅是一个出发点。这个看法使得我们把生命投入一种行为，努力把一件事——譬如说文学——做好在庄子那儿得到了认同。当然这个“努力”以及“做好”的含义绝不是依照世俗的解释的。

且来谈一个与此并无直接联系的问题：“自然”与“人为”。就本来意义上的自然与人为而言，它们之间的不同是不言自明的，但我们通常谈论的时候是拿这两个东西来说人为这一件事。在这个范围内，自然其实只是人为的结果，它只是仿佛自然而已。悬一个“自然”在那儿，使得我们不致把人为局限在“人为”里。而最重要的是，在同样体现自然状态这一点上，人为之中的这个自然与真的自然是有着同一方向。譬如文学就注定是一种人为，一种制作，在这个过程中，制作得近乎自然就是它惟一的指向，也是惟一接近于道的路径。我想到“鬼斧神工”这句话，斧者工者，皆是人为，人为到了那个极致，则鬼矣神矣。由此又可以引申说，精美也是不应该被排斥的，真正的精美绝非不自然；如果有不自然的感觉，要么是它不够精美，要么是我们心中所谓自然只是被限制在眼中能看到的某一类自然，说实话这反倒是不自然了。

以上所谈都可以归结在《庄子》讲的“天籁”这个意思里，见《齐物论》篇：

“子游曰：‘地籁则众窍是已，人籁则比竹是已。敢问天籁。’子綦曰：‘夫吹万不同，而使其自己也，咸其自取，怒者其谁邪。’”

人籁是人制造的声音，地籁是自然界发出的声音，天籁不是于此二者之外再有一个什么声音，它就在人籁地籁之中，但又不等于人籁地籁；人籁地籁舍弃了“有待”、“成心”，舍弃了所有被动——包括被动于自己——的束缚，或即如庄子所说是“吾丧我”，就是天籁。人籁可以进而指一切人为，地籁可以指我们眼中看到的自然，天籁即是指体现于二者之中的那个自然状态。人籁与天籁的关系，也就是“庖丁解牛”中技与道的关系。在那个故事里，通篇描写的都是庖丁的技，到了不厌其烦的程度：他怎么观察牛，由外至内，怎么用刀，什么姿式，什么动作，就连解牛之后他的神态也要刻画一番，惟独于道未予讲述。这是因为对于解牛的庖丁来说，道是由技体现出来的，离开具体的技就不再有道。同样我们也当如此去体会天籁。

一九九四年九月二十一日

不可言说

读《庄子》时总觉得很有意思：一方面他写下这许多文字，一方面他又对文字有些怀疑。《外物》篇末云：

“荃者所以在鱼，得鱼而忘荃；蹄者所以在兔，得兔而忘蹄；言者所以在意，得意而忘言。吾安得夫忘言之人而与之言哉。”

我尝谓此节与下一篇《寓言》起首关于“寓言”、“重言”和“卮言”那一节连起来可以看成是《庄子》全书的自序，或者仿效金圣叹叫它“读庄子书法”也不错。读《庄子》不可死于句下，要悟。关于悟，《天地》篇云：

“视乎冥冥，听乎无声，冥冥之中，独见晓焉，无声之中，独闻和焉。”

这是渐悟。又云：

“金石有声，不考不鸣。”

这是顿悟。《庄子》这书是言，只是给你提供一个悟的由头。悟就是明白了，明白了的，自然是那个意。意是什么，又说不出，因为意不是言，若能说出就还是言而不是意了。这才是“得意而忘言”。所以说悟不悟，悟即不说。

我几年前读《庄子》，后来进而读禅。禅宗的书，如《五灯会元》《古尊宿语录》等，所讲其实都是关于悟这回事的。但是如果不悟，读起来便有困难，或许不知所云。所以禅宗往往被视为神秘，不可思议。我想禅宗的意思，大概在追求精神上的无限自由，正如《古尊宿语录》所形容是“逢佛杀佛，逢祖杀祖”。但这也很难。因为想尽可随便想，说也尽可随便说，所想所说不能离了语言，这是最大的限制。如若不能破了这重限制，也就谈不上什么无限自由。禅宗说到底做的就是这件事。《五灯会元》里有两段公案颇为要紧：

“僧问：‘如何是第一义。’师曰：‘何不问第一义。’”（南禅契瑶禅师）

“问：‘如何是第一义。’师曰：‘我向你道是第二义。’”（清凉文益禅师）

第一义只能悟得。明白了第一义不可说也不可问，这本身也就是悟。可以参看《庄子·知北游》：

“无始曰：‘有问道而应之者，不知道也。虽问道者，亦未闻道。道无问，问无应。无问问之，是问穷也；无应应之，是无内也。以无内待问穷，若是者，外不观乎宇宙，内不知乎大初，是以不过乎昆仑，不游乎太虚。’”

南禅契瑶禅师是“道无问”，清凉文益禅师是“问无应”。禅师们的话已不是寻常思维的产物，或许我们因此可以说禅宗是别一种思维罢。由外而内，它是不可思议，即不能用寻常思维去揣度它；由内而外，它是不可言说。不可言说，又说它作甚，乃是不得已而为之。因为无荃无以得鱼，无蹄无以得兔。禅宗虽是别一种思维，也得先在寻常思维里找个立脚点再跳出来。所以《庄子》一方面讲“道不可言”，一方面又要“言其崖略”，其间的跳跃正是一个“悟”字。再看前引两禅师的话，至少“第一义”这个词儿还得用着。是以庄子写《庄子》，六祖有《坛经》，历辈禅师也有《五灯会元》等。盖所谈虽只是第二义，破了第二义，或许也就得到第一义。“吾安得夫忘言之人而与之言哉。”

一九九三年一月二十三日

谈日记

最近买到《胡适的日记》，其一九二一年四月二十七日所作《胡适的劄记》中引 Graham Wallas 的话说：

“人的思想是流动的，你如果不当时把他用文字记下，过时不见，再寻他不得。所以一枝笔和一片纸，要常常带在身边。”

这或者可以说是写日记者通常的看法。但是我却每每对此有些疑惑，因为我想笔记不比想头，甚至不比言谈，一经动手，多少有些走样，要从日记中求那绝对的真实，即所谓“流动的思想”，恐怕是做不到罢。思想是不能禁止的，但写不写它下来，却要经过自己的一番检查，诸如写什么，怎么写之类。这种检查正好比佛洛伊德所谓“超我”，虽不必专门做出，但它总是存在，捉一管笔在手里，便已在自我检查，更不消说字斟句酌了。除非是按照超现实主义的路子去记日记，那样的日记也一定会有的，只是此刻尚未见到，所以不谈。

周作人在《日记与尺牍》中说：

“诗文小说戏曲都是做给第三者看的，所以艺术虽然更加精炼，也就多有一点做作的痕迹。信札只是写给第二个人，日记则给自己看的（写了日记预备将来石印出书的算作例外），自然是更真实更天然的了。”

此段话讲得很好，但是从另一方面看，我们也只能说这是比较而言，诗文小说戏曲与信札与日记，其实都是给别人看的，只不过在日记来说，这个“别人”乃是写日记者自己，但在这里看者与写者，也还不可以混作一谈，其间总有一点距离，因为总还是有一点表现的成分。表现给自己，也还是一种表现，好比面对镜子，虽不必尽做鬼脸，但总与什么也不看时不大一样罢。正如周氏在同一文章中说：

“我不能写日记，更不善写信，自己的真相仿佛在心中隐约觉到，但要写他下来，即使想定是私密的文字，总不免还有做作，——这并非故意如此，实在是修养不足的缘故，……”

此种难处大概人人都会遇到，除非是什么都不写。

周氏兄弟一九二三年失和。这在他们的一生里，乃至在整个现代文学史上，都是一件影响深远的大事。但个中原由究竟如何，至今仍是个谜，或许永远是个谜了。这在他们当时的日记中是否能泄露点什么呢。查鲁迅当年七月的日记：

“十四日　是夜始改在自室吃饭，自具一肴，此可记也。

“十九日　上午启孟自持信来，后邀欲问之，不至。

“二十六日　上午往砖塔胡同看屋。下午收拾书籍入箱。

“二十九日　终日收书册入箱，夜毕。

“三十日　上午以书籍、法帖等大小十二箱寄存教育部。

“三十一日　上午访裘子元，同去看屋。下午收拾行李。”

八月的日记又有：

“一日　午后收拾行李。

“二日　下午携妇迁居砖塔胡同六十一号。”

这里用的全是春秋笔法，我们不能从其中得知任何想知道的事情。周作人的日记未见，据其在《知堂回想录》中说：

“在我的日记上七月十七日项下，用剪刀剪去了原来所写的字，大概有十个左右，八月二日记移住砖塔胡同，次年六月十一日的冲突，也只简单的记着冲突，并说徐张二君来，一总都不过十个字。”

兄弟俩乃是矛盾的双方，此处的态度竟是一样，不愿意说的事情连对自己也不说，这不能不引起我们的注意。

近年来印成书本的日记我已收有好几种，其取舍以是否文人所作为标准。就我读过的而言，今人的似数浦江清《西行日记》为最佳，古人的则当推明末遗民叶绍袁所著《甲行日注》。他们写艰辛的流亡生活，写当时的种种心境，都写得很动人。周作人尝写文章介绍《甲行日注》说：

“清言俪语，陆续而出，良由文人积习，无可如何，正如张宗子所说，虽劫火猛烈犹烧之不失也。”

其实浦氏日记亦当得此语。但话是这么说，作者总还是在做文章，只是不失其真而已——就日记来说，“真”也就只能到此为止。不仅日记，一切文学亦然，真总是相对的。那么我们要求这个相对到何种程度呢，到不失作者真性情的程度，这就够了。

〔附记〕前几天读《俞平伯日记选》，其“干校日记”一九七〇年元月十日云：

“因看《水经注》，会上有批判。”

读了为之心酸；今天的人或许不明白这是怎么回事了罢。然则此老亦是痴心不改，二月七日云：

“文学所在此开始建屋，唐坡在一旷野中，据传说后唐李存勖曾住此，闻尚有故址，距东岳集约五里。”

此亦张宗子所谓“劫火猛烈犹烧之不失”者也。

一九九四年九月九日改

关于应试诗

最近承蒙诗人陆伟然寄赠所著《唐代应试诗注译》一册，总共收录二百七十首，真让我长了不少见识。唐朝诗人的别集如《王右丞集》《长江集》和《李义山诗集》等过去也曾翻过，可就是没有留心其中还有考试卷子。有些印象的只有钱起“曲终人不见，江上数峰青”那一篇，还是读了鲁迅的文章才知道它原来是应试的时候写的。

因为考试以诗，所以作诗的人多了，作的时候也用力了，这大概是唐诗发达的重要原因之一。这一层前人已经讲过。另外就应试诗本身来说，也不无整理研究的价值。周作人作《论八股文》说：

“我的第二个提议即是应该大讲其八股，因为八股是中国文学史上承先启后的一个大关键，假如想要研究或了解本国文学而不先明白八股文这东西，结果将一无所得，既不能通旧传统之极致，亦遂不能知新的反动之起源。”

又在《中国新文学的源流》中说：

“和八股文相连的有试帖诗。”

研究应试诗即试帖诗应该说同样有这两方面的意义罢。首先我们来看试帖诗的写法。据此书前言介绍：

“按题作诗，题目中的每个字都可选为诗韵。如：题目是《海上生明月》，则要写的诗便可在这五个字中找韵，因‘生’‘明’是一个韵，实际上只有四个韵可用。用别的韵是不行的，除非题下注明‘韵非题字’，这才可以任意选择别的韵。诗中的平仄、对仗，甚至起承转合都有十分严格的要求。”

书里每首诗后所引的清人臧括斋的“疏义”最有助于我们理解“按题作诗”这句话。譬如前面提到的钱起的诗，题为《省试湘灵鼓瑟》，全诗如次：

“善鼓云和瑟，常闻帝子灵。冯夷空自舞，楚客不堪听。苦调凄金石，清音入杳冥。苍梧来怨慕，白芷动芳馨。流水传湘浦，悲风过洞庭。曲终人不见，江上数峰青。”

疏义作：

“首二句直点全题，三四句先从鼓瑟衬写一笔，五六句写瑟声之妙，七八句写鼓之情趣，九十句写瑟声之远播，末二句总结上文：‘曲终’结‘鼓瑟’，‘人不见’结‘湘灵’，‘江上’结‘湘浦’，‘峰青’结‘洞庭’。”

由此可见题目乃是整首应试诗的灵魂，然而它却总是从考官那儿领来的，正如周作人谈八股文时所说的是“奉命说话”。当然“湘灵鼓瑟”较之“玄元皇帝应见贺圣祚无疆”之类便于发挥诗意些个，但是不管什么题目，写起来总难免有“处心积虑”之嫌。

写应试诗的目的可以说只有一个，就是得中；所以诗里的意思差不多都是同一方向上的，“说好话”，庶几近之罢，至少“子不语怪力乱神”的圣训得遵守着。周作人曾说八股文是“中国的奴隶性”“现象的代表”，应试诗也是一样。鲁迅在《“题未定”草（七）》中评论钱起的诗云：

“况且题上明说是‘省试’，当然不会有‘愤愤不平的样子’，假使屈原不和椒兰吵架，却上京求取功名，我想，他大约也不至于在考卷上大发牢骚的，他首先要防落第。”

此种试子之心大概古今皆然，倘以寻常看诗的眼光求之反倒是有些不尽人情了。当然也有例外，如周作人在《鲁迅的故家》里所述他的叔祖子京之事：

“但还记得他的一句试帖诗，题目是什么‘十月先开岭上梅’之类，他的第一句诗是‘梅开泥欲死’，为什么泥会得死呢？这除了他自己是没有人能懂得的了。”

子京诗风似近乎李贺，而昌谷自己因为避讳父名不能应试，但我想他若真是赴考，恐怕也不会像平时那样写“昆山玉碎凤凰叫，芙蓉泣露香兰笑”这种句子罢，所以说起来像子京这样的真是奇人。子京“被批饬不准应试，因为文章实在写得太奇怪”，读过鲁迅小说《白光》的，一定知道他的结局是怎样的了。

一九九二年十二月二十八日

也谈竹枝词

民俗的东西是近来大家所看重的，大约总是陶醉于其旧罢；说起来普通生活里原本还有另外一方面，形容它可以用一个“新”字。清中叶以至民初北京出现很多竹枝词，北京古籍出版社汇编出版为《清代北京竹枝词》《北京风俗杂咏》和《北京风俗杂咏续编》三书，我常常翻看。其中最有价值之处，首先还属记述风俗物产，至于我所谓“另外一方面”也有一些，虽然在质与量上比不得前者，但亦别有意义。其实当初那些竹枝词作者写的时候乃是同时并重这两个方面，即如清人得硕亭在《草珠一串》自叙中所说：

“竹枝之作，所以纪风土，讽时尚也。”

大致说来，“风土”是相对固定的成分，而“时尚”则时时流动变化，“风移俗易，昨是今非”（清人李静山语），一部分淘汰掉了，一部分则归于那比较固定者之中，于是也就不再有人大惊小怪，但随即又有新的东西出现了。竹枝词本以反映普通生活为其宗旨，所以此类“讽时尚”之作代代皆有也。

清嘉庆二十四年（一八一九）学秋氏所作《续都门竹枝词》中有一首写到眼镜：

“近视人人带眼镜，铺中深浅制分明。更饶养目轻犹巧，争买皆由属后生。”

而道光二十五年（一八四五）刊行之杨静亭《都门杂咏》“时尚门”中也有《眼镜》一题：

“方鞋穿着趁时新，摇摆街头作态频。眼镜戴来装近视，教人知是读书人。”

两相对照，最能看出何为“时尚”了。时尚的范围其实颇大，就中很有趣的是当时生活里出现的那些新事物，此处之眼镜即其一例也。——关于眼镜，嘉庆十九年（一八一四）佚名《都门竹枝词》中还有“眼镜镶来玳瑁边”之句，而民国初年玉壶生《广甸竹枝词》又写到“金丝眼镜护双眸”。它如乾隆六十年（一七九五）杨米人《都门竹枝词》写到“洋表”；前述之《都门杂咏》写到“玻璃窗”、“看京报”、“名片”；同治十一年（一八七二）李静山所编竹枝词（《都门汇纂》内刊）写到“洋取灯”、“冰鞋”；宣统元年（一九〇九）

兰陵忧患生《京华百二竹枝词》写到“路灯”、“官医院”、“厕所”、“银行”、“照像馆”、“自行车”；宣统二年（一九一〇）吾庐孺《京华慷慨竹枝词》写到“自来水”、“电话”、“电灯”；乃至民国乙亥（一九三五）《故都竹枝词》还写到“跳舞场”、“女招待”（均注明是民十七即一九二八年后始出现）、“裸体画”、“校花”、“两性同校”等。凡此种种都很有意思，都能让我们体会到那个时候生活发生的小小变化。

读这些讽时尚之作使我回想起记事以来遇到的一些“新事儿”：照明用白炽灯换作日光灯，做饭用煤炉换作液化石油气罐，家用电器的普及，高级宾馆的出现，以及物价上涨等等。竹枝词所写也就类似于这些，我们由自己的亲身体验也就可能推知上述眼镜、洋表之类对于当时的人有什么样的影响。这类事情虽然显得琐碎，却是真的结结实实的生活，而且向来最被老百姓们所看重，有些差不多说得上是息息相关，但若不依靠这批竹枝词以及一些笔记杂录记载下来我们也就无从知道了。此种生活的变化在历史书上当然是看不到的，就是号称反映生活的文学作品也往往容易忽视，好像很少予以表现。

讽时尚的竹枝词一方面表现了生活层出不穷的变化，一方面也因人、因事、因时不同，反映了面对这些变化的复杂的心态。此类作品大抵是文人风气与市民心理各居其半，其为文人亦较接近于下层，总之是远雅而近俗，所以表现的看法与趣味也是民间的，这也是殊为难得的好材料。

不妨从《京华百二竹枝词》中挑两首看：

“或坐洋车或步行，不施脂粉最文明。衣裳朴素容幽静，程度绝高女学生。（原注：女学生或步或车，经过街市，容貌服色，毕露文明。）”

“臀高肩耸目无斜，大似鞠躬敬有加。噶叭一声人急避，后边来了自行车。（原注：骑自行车者，见其有一种专门身法，拱其臀，耸其肩，鞠其躬，两目直前，不暇作左右顾，一声噶叭，辟易行人。人每遇之，急避两旁，而骑车者遂得意洋洋飞行如鸟而去。）”

其一以褒其一以贬；褒贬之外，我们还能体会到更多的东西。若就讽时尚而言，这部《京华百二竹枝词》实在最值得注意，它写了清末那半真半假的改革时北京各个方面的新变化，虽然肤浅，却很是周到，其中还处处流露出一种很可笑的真诚，一种对于“好”的企望。可惜此书在编入《清代北京竹枝词》时被删去十几首，现在读来未免有不全之憾。

我们读这些竹枝词，还是拿它们当材料来看；若就“诗”而言，则大多不敢恭维为好诗也。当材料看，那么就是描写越细腻越具体越好。有些内容本身变化不已，永远属于“时尚”，故常常见有描写，对比着看就更有意思，或许价值也就更大。今从乾隆末叶至民国一百多年间吟咏女装的竹枝词中拣出较好的几首排列如次，从中约略可见一点衍变的趋势。

杨米人《都门竹枝词》：

“一条白绢颈边围，整朵鲜花钿上垂。粉底花鞋高八寸，门前来往走如飞。”

得硕亭《草珠一串》：

“名门少妇貌如花，独坐香车爱亮纱。双袖阔来过一尺，非旗非汉是谁家。”

李静山编竹枝词：

“凤尾如何久不闻，皮绵单袷费纷纭。而今无论何时节，都着鱼鳞百褶裙。（原注：近时妇女多喜穿百褶裙，即严冬亦然，鲜有着皮绵者。）”

约清末佚名《十不见竹枝词》：

“大辫轻靴意态扬，女间争效学生装。本来男女何分别，不见骑骡赛二娘。”

民初玉壶生《厂甸竹枝词》：

“素裙革履学欧风，绒帽插花得意同。脂粉不施清一色，腰肢袅袅总难工。”

吴思训《都门杂咏》：

“髻鬟钗朵满街香，辛亥而还尽弃藏。却怪汉人家妇女，旗袍个个斗新装。”

夏仁虎《旧京秋词》：

“绡衣不耐晚来风，短袿新裁剪白绒。试向稷园高处望，一群鸥鹭夕阳中。（原注：女子衣薄，多以白绒制短袿加于外，所云时世装也。）”

《故都竹枝词》中张瑜所作：

“蓬松烫发最时兴，鞣着高跟底数层。外罩毛衣半光骽，春风一路看摩登。（原注：北平近年风尚，妇女将内衣罩于长袍之外，光腿已禁。）”

从前张爱玲写过《更衣记》，可以说是一部小小的中国近代服装史，——或许上述零星材料可以为张文加添一点点佐证罢。

一九九三年一月三日

北京话

夏仁虎《旧京琐记》有一则云：

“称我曰‘咱’，我所独也。曰‘咱们’，则与言者所共也。昔有人初至北京，学为京语，偶与友谈及其妻，辄曰‘咱们内人’，友笑谢曰‘不敢’。俄又谈及其亲，复曰‘咱们的父亲’，友亟避去。”

这简直可以当笑话来说了。但是其中的乐趣，恐怕也只有北京人或懂得北京话的人才可以体会到。说起来我对于北京话一向颇有兴致，用北京话写的书如《红楼梦》《儿女英雄传》以及老舍的小说很早就读过。记得将近二十年前第一次看《骆驼祥子》时真是兴奋，以后又读了老舍好多长短篇和剧本。我自己最早发表出来的作品就是一首关于他的诗。现在回想起来那时我对老舍的兴趣很大成分还是对北京话的兴趣。我曾备有一簿子，专门记录日常所闻土话用法，因为我一直生活在北京的胡同里故有此便利；而且平时言谈中我亦讲得一口算得上纯正的北京话。

这当是生于斯长于斯的缘故罢，北京之于我也确实有一种情分。北京的好处从来说的多了，以我自己的体验恐怕还是局面比较阔大，气氛也比较正罢。至于生活之舒服与建筑之特别则差不多没有了，而风土人情亦不似以往，故意做出来的风俗诸如庙会之类则徒令人笑话而已。所以北京之为北京，恐怕留下来的也只有这个北京话了。但是老舍的小说说实话已不复为我所喜欢，大约是他那部《四世同堂》使我太过失望的缘故，或者整个就觉得他的境界不特别高。不过他用北京话写对话，还是较之后来作者好得多——北京话原来不是北京人时时刻刻成心说出来的，并没有卖弄的意思。

我到现在还保留的兴趣是阅读一些关于北京话的书，比如专门的北京话辞典就已收集了五六种，对照着看很有意思，大概这也就是孔子所谓“温故而知新”的乐趣罢。这些书都算得研究北京话的成果，但若是从开始着手做这件事说起，那就早了，以我读过的而论，大约当推写在民初的《旧京琐记》。此书所录皆为作者“见闻所及”，内容又很广泛，故颇可一读。全书十卷，卷二为“语言”，专谈北京话。他从音意两方面入手，分列“有一音而变数字者”、“有一字而分两意者”等项，每项下都举些例子。一方面我们由此了解作者所下的功夫，另一方面也可以知道现在哪些口语清末即已流行，而当时哪些说法今日已不通用。如：

“京语有极刻薄者，如呼考生曰‘浩然子’，初听其名甚美，然其谐声实为‘号瓤子’也。盖喻号舍如瓜，而考生居其中如瓤。呼落第举子曰‘豆芽菜’，盖喻凡物皆种而后出，惟豆芽菜则不种者也。呼浙绍人曰‘臭豆腐’，讥所嗜也。久则并南人皆呼曰‘豆腐皮’。”

上述诸词现在皆已“死”了，几种辞典亦仅载一二，盖因科举废除已久，而当时居京之南人至少已历三世矣。语言的应用本来是与社会相关；社会变化，语言中又以口语的变化为最快。老舍笔下人物的说话有些现在看来已经陌生，其实如果稍加留心，在我们自己有限的生平中北京话就已有不少今昔之别了。这是在“去”的一方面我们的一点所得，再就是“来”的一方面了，该书有云：

“京师人海，各方人士杂处，其间言庞语杂，然亦各有界限。旗下话、土话、官话，久习者一闻而辨之。亦间搀入满、蒙语，如看曰‘把’，靠役曰‘苏拉’，官曰‘章京’，主管曰‘侉兰’，大皆沿用满语，习久乃常用之。又有所谓回宗语、切口语者，市井及倡优往往用之，以避他人闻觉。庚子后则往往搀入一二欧语、日语，资为谐笑而已，士夫弗屑顾也。”

这些“来”对我们来说差不多又已经是“去”了。在我们听与说北京话的经历里，更有不少新的分子搀入，诸如广东话之类，此亦是社会变化的一种反映，而各个层次的人用语的区别也很明显。说来北京话的流变正是未有穷期也。

关于《旧京琐记》，方才说到“研究”，也不知是说高还是说低了，好像总归是不大对头，因为此书之写作大约纯系趣味所致。夏氏本是南方人，居京久了，才有这书，其趣味也正因此而来，不然北京人说北京话，理所当然，也无兴致记它下来。作者之着力于“往往合古，是曰可师；其尤雅者，或入于诗”（见该书《引》）亦与此相关，到底不如北京人心安理得。说来其亦不无可议处，如前引之“咱”与“咱们”，以我的经验，“咱”亦可“与言者所共也”，而“咱们”亦可“我所独也”。其为今昔之用法不同欤。

一九九二年十二月二十八日

原壤孺悲

“原壤夷俟。子曰：‘幼而不孙弟，长而无述焉，老而不死，是为贼。’以杖叩其径。”

“孺悲欲见孔子，孔子辞以疾。将命者出户，取瑟而歌，使之闻之。”

这是《论语》的两章，一见于《宪问》篇，一见于《阳货》篇。我读的时候不像穷经的儒生那样从“教”着眼，也就是说不管有没有所谓“微言大义”，单单从孔子这个人的性格来看，遂觉得很有意思。这大概都发生在夫子晚年，因为体现了一种老年人的脾性。原壤真够倒霉的，因为他两腿像八字一样叉开坐着，这个姿式太不礼貌，孔子看不惯生起气来，把他一生都数落了，甚至动了手。这里孔子显得有点儿倔，肝火旺，什么都直来直去；但这毕竟又是老朋友间的玩笑，颇带些夸张，话虽厉害却是半真半假，就连末了那一杖也只是拨拉一下子。前些时看到金克木对此的解释：“大概潜台词是：‘看你还伸不伸出腿来！’”

孺悲的故事就更有趣些。孔子当是很讨厌他才称病不见，还生怕他不知此意，故意弦歌让其听见，以示有病是假，不想见他是真。这有点恶作剧的意思。他也真是率性而为，随心所欲，简直成了存心气人的老小孩了。想那孺悲在孔家门前，也只好苦笑一下，没有什么法子罢。

说来孔子此类所为其实正合乎人之常情，因为人之常情即是如此。千载以下，咱们有时依旧这般行事也。我喜欢《论语》这部书的一个原因就是其中于孔子寻常人一面多有反映；我们看见孔子活得真真切切，觉得此老原来很是亲近。又如《雍也》篇所记：

“子见南子，子路不说。夫子矢之曰：‘予所否者，天厌之，天厌之。’”

南子是卫灵公夫人，名声不好，孔子却与她见面，惹得师徒闹了意见：一方面是子路气哼哼的；另一方面呢，孔子好像当下找不着辩解的词儿，只是赌咒发誓，一副急煎煎的样子。我们遥想此情此景，不禁有些好笑。

孔子自是端端正正的一个人，可也不失其风趣处。我的朋友鲍尔吉·原野于此多有发现，这里不敢掠美，只举两个显明的例子：

“子之武城，闻弦歌之声。夫子莞尔笑曰：‘割鸡焉用牛刀。’子游对曰：‘昔者偃也闻诸夫子曰：君子学道则爱人，小人学道则易使也。’子曰：‘二三子，偃之言是也，前言戏之耳。’”（《阳货》）

“子曰：‘道不行，乘桴浮于海，从我者其由与。’子路闻之，喜。子曰：‘由也好勇过我，无所取材。’”（《公冶长》）

这都是老师跟学生开的玩笑。先且不说孔门的气氛有多好，单是孔子的恢谐就够让我们向往。前一例中，孔子本是满心欢喜，却故意那么说，谁知子游要么缺点幽默感，要么尊师面前不敢造次，竟是一本正经讲起道理，孔子只好把话说破了。这回就没幽默成。

在后一例中，孔子是有意逗子路一逗，若是仿效宋元说部，可以安一个“孔子智赚莽仲由”的回目。挑起个话头引得子路兴高采烈，不想反倒领教一番批评——跟“由也喭”其实是一样的意思，但这里用的乃是诱彼入我彀中之法也。

《论语·述而》载：

“子在齐闻韶，三月不知肉味。曰：‘不图为乐之至于斯也。’”

我觉得孟子以后历代儒家，总是可畏多于可敬，可敬多于可爱，孔子则不；比方这里所体现的那种抒情的人生态度，后人就没学得。陶醉就是陶醉，不知肉味就是不知肉味，是不作他想忘乎所以的大欢乐。当然由此可见孔子对音乐的欣赏，但我更看重的是其中的人情，或者说是赤子之心罢。而在孔子，此种人情的流露就不限于一端。如《先进》篇云：

“颜渊死，子曰：‘噫，天丧予，天丧予。’”

“颜渊死，子哭之恸。从者曰：‘子恸矣。’曰：‘有恸乎，非夫人之为恸，而谁为。’”

颜渊的死对孔子来说不只是失去一个好学生而已。这是不能自已的痛苦，语言也无法表达。联系闻韶来看，喜是真喜，哭是真哭，此其为孔子。《雍也》篇另有一章说：

“哀公问：‘弟子孰为好学。’孔子对曰：‘有颜回者好学，不迁怒，不贰过。不幸短命死矣，今也则亡，未闻好学者也。’”

《论语》读到这一节，每每感到特别凄然，孔子的失落、隐忍和不尽悲哀总萦绕心中；那仿佛是一个在人生路上踽踽独行的老人的形象。

一九九四年九月一日改

迂阔之论

《管子》这书从前略略翻过，记得比较清楚的只有两句话，也是别人常常引用的，见《牧民》篇：

“仓廪实则知礼节，衣食足则知荣辱。”

饿着肚子当然也就讲不了什么礼节荣辱，闹不好杀人越货、打家掠舍也未可知；但是我们这话乃是反着说的，也就是：“仓廪不实则不知礼节，衣食不足则不知荣辱。”若是正面如《管子》那么讲，则好像有些问题。这里前一句是就国家或者集体而言，后一句是就个人而成言，无论哪一方面，我们征诸经验并不是如此，至少看不出如两个“则”字所表述的那种因果关系。或者要说这乃是因为仓廪尚不够实，衣食尚不够足，待到实得足得不得了则自然否极泰来，《管子》的预言应验。我大概又是少信的人罢，于此实在不敢做过分的期望也。大而言之仓廪须得要实，小而言之衣食须得要足，这都是天经地义、不可移易的事，《管子》强调这个自是有其一番用意，但仓廪实与知礼节，衣食足与知荣辱，到底还是两件事而不是一件事；而不知礼节不知荣辱这个亏恐怕是谁也吃不起的，这也是天经地义、不可移易的。

《孟子·梁惠王上》云：

“孟子见梁惠王，王曰：‘叟不远千里而来，亦将有以利吾国乎。’孟子对曰：‘王何必曰利，亦有仁义而已矣。王曰何以利吾国，大夫曰何以利吾家，士庶人曰何以利吾身，上下交征利，而国危矣。万乘之国，弑其君者，必千乘之家；千乘之国，弑其君者，必百乘之家。万取千焉，千取百焉，不为不多矣。苟为后义而先利，不夺不餍。未有仁而遗其亲者也，未有义而后其君者也。王亦曰仁义而已矣，何必曰利。’”

梁王遂以为孟子迂远而阔于事情，不能见用；二千年来我们也这么看。但是《孟子》七篇，单以此节为首，总是有一样意思，这个意思若只是个行不通的东西，则孟子写这书也就大打折扣矣。那么还是征诸经验，就知道利不讲它已经有了，仁义不讲它就没有，甚至讲了也没有。我想孟子或许是因此来一通过分之言，叫你为之一震，这样没准儿还能稍稍争取到一点儿。“何必曰利”未必就是不要利，人性之中都有此种欲望，再去强调，则只剩下一个利了。所以孟子一大篇言语，差不多都是从如果没有仁义将会如何如何讲起，这也就是只剩下利的结果。孟子生当末世，忧国忧民同于孔子，而国之可忧、民之可忧则甚于孔子，所以他就不能再如孔子那般心平气和推心置腹，只好用一点儿辩士之才，以不太讲道理来讲道理。由此推论，孟子讲性善，他亦未必就认准了性只是善。他说："恻隐之心，人皆有之；羞恶之心，人皆有之；恭敬之心，人皆有之，是非之心，人皆有之。"说不定他也知道从根本上说是求利之心，人皆有之，再一扇乎就成了利欲熏心了，非但知荣辱知礼节达不到，最终只怕是衣食足仓廪实也保不住，所以他拿恻隐、羞恶、恭敬、是非这些"心"来匡正一下子，至于人家听不听，匡正得了匡正不了，就不得而知了。孟子的迂阔，或者说正是不迂阔，或者说他是没有法子不迂阔。

《论语·乡党》可以说是为我们这番议论事先准备了一个例子：

"厩焚。子退朝，曰：'伤人乎。'不问马。"

记录下这件事似乎是没有什么意思的。从一方面看，这不仅是迂阔的言论而且是迂阔的行为了；从与之相反的一方面看，这又属于题中应有之义，特地说出来未免多此一举。但是这里"人"与"马"正是互相成为价值的参照物，在人的世界里跑进一匹马来，所有人本位的思想都受到了严峻考验。

一九九四年九月二十三日

女子故事

《女子故事》是废名的一个题目，在他的文章里有番话说：

“孙武子的兵法是有名的，却也靠杀了两个女队长立威名，真是寒伧得可以。”

这个故事差不多人人皆知，但我们还是从《史记》里抄一节原文：

“孙子武者，齐人也。以兵法见于吴王阖庐。阖庐曰：‘子之十三篇，吾尽观之矣，可以小试勒兵乎。’对曰：‘可。’阖庐曰：‘可试以妇人乎。’曰：‘可。’于是许之，出宫中美女，得百八十人。孙子分为二队，以王之宠姬二人各为队长，皆令执戟。令之曰：‘汝知而心与左右手背乎。’妇人曰：‘知之。’孙子曰：‘前，则视心；左，视左手；右，视右手；后，即视背。’妇人曰：‘诺。’约束既布，乃设鈇钺，即三令五申之。于是鼓之右，妇人大笑。孙子曰：‘约束不明，申令不熟，将之罪也。’复三令五申而鼓之左，妇人复大笑。孙子曰：‘约束不明，申令不熟，将之罪也；既已明而不如法者，吏士之罪也。’乃欲斩左右队长。吴王从台上观，见且斩爱姬，大骇。趣使使下令曰：‘寡人已知将军能用兵矣。寡人非此二姬，食不甘味，愿勿斩也。’孙子曰：‘臣既已受命为将，将在军，君命有所不受。’遂斩队长二人以徇。用其次为队长，于是复鼓之。妇人左右前后跪起皆中规矩绳墨，无敢出声。于是孙子使使报王曰：‘兵既整齐，王可试下观之，唯王所欲用之，虽赴水火犹可也。’吴王曰：‘将军罢休就舍，寡人不愿下观。’孙子曰：‘王徒好其言，不能用其实。’于是阖庐知孙子能用兵，卒以为将。”

其实末尾再添上二十来个字，就是孙子本传的全文了。孙子遗有十三篇，现在连中外商界的人都争着读，当时又有“西破强楚，入郢，北威齐晋”诸实绩，真可谓不朽矣。不过比较起来恐怕还是以他出道干的这第一件事最为重要，不然太史公干嘛要花去十九以上的篇幅，就好像要是没有这件事，孙子也不成其为孙子了。

对待孙子斩美，如同对待历史上好多事情一样，可以有无情和有情两种看法，看的结果当然也就大不相同。无情地看，我们不妨说军令如山，军中无戏言，战争本来就是残酷的，等等。或者干脆就引用孙子自己的话：“既已明而不如法者，吏士之罪也。”以及“臣既已受命为将，将在军，君命有所不受。”其说倒也振振有词呢。这样我们自可断言，孙子这事干得对，干得好，出手不凡，不如此不足以“唯王所欲用之，虽赴水火犹可也”。

可是如果我们想一想这里面到底牵扯着两条人命，就不免要从别的角度再看看了。《史记》里另有一篇《司马穰苴列传》，穰苴初用兵，也先杀人，但那有些不同：大军出征在即，监军庄贾迟到，为严肃军纪故穰苴斩之。庄贾干的是监军差使，当然要为其疏忽付出代价，这一百八十个美女可是素与行伍不搭界呀。要真是敌方的女间谍或者自家的女叛徒，推出斩讫报来倒也罢了，两个女队长犯的算什么罪呢。推想起来，当时孙子刚刚出山，怕的是人家说：“能行之者未必能言，能言之者未必能行。”（《史记》语）而且吴王讲：“子之十三篇，吾尽观之矣，可以小试勒兵乎。”明摆着是有此意。这第一炮若打不响，则孙子其卷铺盖回老家去了矣。所以难免把一条心横下，吴王叫他收手也不干，非得来个“你死我活”。结果有如司马贞《史记索隐·述赞》所说，正是：

“美人既斩，良将得焉。”

可废名说是“靠杀了两个女队长立威名”，却一语道破了天机也。不过他的考虑其实更深一层，因为所杀乃是女人。所以就说：

“中国的事情都是该女子倒霉。一方面非女子不行，从秀才人情纸半张算起，以至于国家大事，都好像如此。到得事情弄糟了的时候，这些女子又自然无所逃于天地之间了。”

这种思想，即是《庄子·天道》所谓“嘉孺子而哀妇人”，系得之于知堂先生。周氏谈妇女问题的文章很多，前几年有人编录一卷出版，题曰《女性的发现》，我总觉得这是一件善事。总而言之，就是对女子的尊重，爱护，以及对古今的仇视女子心理加以批判。说来此种心理实在是不少见，比如我在苏州虎丘孙武子亭中看见石碑刻着清人孙星衍的诗，其末二句云：

“西施可惜入宫迟，不付将军杀兵法。”

不错，西施是最美的，据说亡国又因为她；若是交给孙子处死，则吴国可以不亡，而孙子又添了一份功劳。真难为其用心良苦也。

废名直以慈悲为怀，故忍不住还说：

“女人偏总是以好笑该死，谁叫你们不躲在闺中不出来呢？”

我由这一问就想起《史记》里另外一件女子故事，却居然也是“以好笑该死”，难道咱们真有杀快活的漂亮女子的传统么。事见《平原君虞卿列传》：

“平原君家楼临民家。民家有躄者，槃散行汲。平原君美人居楼上，临见，大笑之。明日，躄者至平原君家，请曰：‘臣闻君之喜士，士不远千里而至者，以君能贵士而贱妾也。臣不幸有罢癃之病，而君之后宫临而笑臣，臣愿得笑臣者头。’平原君笑应曰：‘诺。’躄者去，平原君笑曰：‘观此竖子，乃欲以一笑之故杀吾美人，不亦甚乎。’终不杀。居岁余，宾客门下舍人稍稍引去者过半。平原君怪之，曰：‘胜所以待诸君者未尝敢失礼，而去者何多也。’门下一人前对曰：‘以君之不杀笑躄者，以君为爱色而贱士，士即去耳。’于是平原君乃斩笑躄者美人头，自造门进躄者，因谢焉。其后门下乃复稍稍来。”

想起此事每每令我有毛骨悚然之感。要说的话，也就是苦雨斋师生早都说过了的，无非是对中国女子的不幸命运表示同情而已。此外只是感到这里面竟是一个好人也没有，无论躄者，平原君还是诸门客，尽皆面目狰狞，心地险恶，非欲置那偶有小过失之女子于死地不可。尤其是其间竟隔了一年多，大约那可怜的人儿已经忘了罪过究竟何在了罢，忽然就被斩了头去，命运之不测真是恐怖，前述之吴姬事亦不可比拟。其中最可怕的又当属那位躄者，心理阴暗至于无法言说，要说就只能说是“虐待狂”了——或许所有这类事情都该这样解释罢。

至于平原君，太史公为战国四公子作传，于其三有微辞焉，对他尤甚，谓之“未睹大体”、“利令智昏”，因为他“贪冯亭邪说，使赵陷长平兵四十余万众，邯郸几亡”。我说此一因笑而死之女子的账也得算在他的身上才对。说来平原君与孙子都是一样的人，冷血，或者直截了当地讲就是残忍。相形之下倒是吴王还有点人情味，“将军罢休就舍，寡人不愿下观。”真是伤心语。

一九九一年十月六日

[补记]《吴越春秋·阖闾内传》于《史记·孙子吴起列传》“妇人复大笑”后，有云：“孙子顾视诸女连笑不止，孙子大怒，两目忽张，声如骇虎，发上冲冠，项旁绝缨，顾谓执法曰：‘取鈇锧。’”读《史记》只感到孙子很冷血，添此一节，反而觉得有些人味儿了。《辞源》：“鈇，斧；锧，铁椹。鈇锧，古行斩形之具。《公羊传》昭二五年：‘子家驹曰，臣不佞，陷君于大难，君不忍加之以鈇锧，赐之以死。’注：‘鈇锧，要斩之罪。’”若问两位下场悲惨的女子有何不对，大概不过如北京话所说“没有眼力见儿”，孙子已经气成那个样子，她们居然不当回事儿。

重读《史记》，尚有一番疑问：“孙子曰：‘约束不明，申令不熟，将之罪也。’复三令五申而鼓之左，妇人复大笑。孙子曰：‘约束不明，申令不熟，将之罪也；既已明而不如法者，吏士之罪也。’乃欲斩左右队长。”何以“吏士之罪”就要问斩，而“将之罪”说说就完事了呢。若孙子真的军法严明，他应该先治“将之罪”，当场把自个儿给腰斩了，否则总有法不责己之嫌。

《史记·吴太伯世家》云：“楚告急秦，秦遣兵救楚击吴，吴师败。”《吴越春秋·阖闾内传》云：“子胥、孙武、白喜留，与楚师于淮澨，秦师又败吴师。楚子期将焚吴军，子西曰：‘吾国父兄身战，暴骨草野焉，不收又焚之，其可乎。’子期曰：‘亡国失众，存没所在，又何杀生以爱死。死如有知，必将乘烟起而助我；如其无知，何惜草中之骨而亡吴国。’遂焚而战，吴师大败。子胥等相谓曰：‘彼楚虽败我余兵，未有所损我者。’孙武曰：‘吾以吴干戈西破楚，逐昭王而屠荆平王墓，割戮其尸，亦已足矣。’子胥曰：‘自霸王已来，未有人臣报雠如此者也。行去矣。’吴军去后，昭王反国。”由此可知孙子用兵并非“百战不殆”，在历史上竟以大败收场。

二〇一八年三月四日

关于诗人

这两天翻看《韩非子》，在《内储说上》篇里又见着经常说的“滥竽充数”的出典：

“齐宣王使人吹竽，必三百人，南郭处士请为王吹竽，宣王说之，廪食以数百人。宣王死，湣王立，好一一听之，处士逃。”

记得张岱《夜航船》也有一条“好竽”：

“齐王好竽，有求仕于齐者，操瑟而往，立于王之国三年，不得入。客曰：‘王好竽，而子鼓瑟，瑟虽工，其如王之不好何。’”

此语据说出诸《韩文公集》，我因为不喜欢所谓唐宋八大家故未收此书，一时无法查对。但这两件事让我觉得很有意思。我从吹竽者想到滥竽者，要说他们之间的不同，大约也就在于是有本事还是没本事。若论追求则恐怕是差不太多，不外乎两方面：一个是精神的或理想的，有人“好”、“说之”，一个是物质的或现实的，“廪食”乃至于“求仕”；因为吹者亦要生活，滥者除了混碗饭吃，若有荣耀他一定也是喜欢的，而此二者又往往互为因果，不能够分得那么清楚。

关于竽者我所知道的只有这么多，要想多说几句，不妨再找一个与之相近的差使，这大约就是诗人罢。盖其一以口其一以手，吹给人听或写给人看，大同而小异也。先从最实在的地方说起，即《韩非子》单单标举的“廪食”：不饿肚子。张固《幽闲鼓吹》尝述白居易一事，可以作为说明：

“白尚书应举，初至京，以诗谒著作顾况。顾睹姓名，熟视白公曰：‘米价方贵，居亦弗易。’乃披卷。首篇曰：‘离离原上草，一岁一枯荣。野火烧不尽，春风吹又生。’即嗟赏曰：‘道得个语，居即易矣。’因为之延誉，声名大振。”

以此为基础生发开去，这种追求及其可能达到的结果乃是不同程度上的，若说极致大概要算陈阿娇皇后以黄金百斤请司马相如作《长门赋》了罢。这用诗人自己的幻想来描绘，最恰当莫过于李商隐在《李贺小传》中所说的：

“长吉将死时，忽昼见一绯衣人，驾赤虬，持一版，书若太古篆或霹雳石文者，云当召长吉。长吉了不能读，欻下榻叩头，言阿㜷老且病，贺不愿去。绯衣人笑曰：‘帝成白玉楼，立召君为记，天上差乐，不苦也。’”

这是很有名的故事，以后历代诗作吟咏甚多，或许是诗人们共同的幻想罢。至于这白玉楼到底什么样子，我读到王韬著《淞隐漫录》，才得以略知一二：

“远望之，巍峨如积雪，高峙天半，栋梁墙壁，窗牖阑槛，无非白玉筑成，刻琢雕镂之功，非神工鬼斧不能办也。……既达绿天深处，则所植皆梧桐榆柳，佐以翠竹千竿，绿蕉万本，点缀其间。入坐室中，黛影森沉，衣袂皆碧。主人遽起相讶，杯檠既设，肴核尽陈，麟脯凤髓，奇味莫名。”

原来这专为诗人修建的所在也不过如一处豪华宅子一般，只是多些书香气而已，何其鄙陋乃尔。诗人的追求太具体了，也就太俗气了。其实绝不仅仅是这样，否则何以历史上的诗人既富且贵者有如凤毛麟角，而此路上行者依旧摩肩接踵，络绎不绝呢。倒是“文章憎命达”、“诗穷而后工”等乃是实话。诗人真正要求社会的与社会所能够给予诗人的主要并不在此，乃是在另外一方面。譬如依我看可与千金买赋相提并论的左思成《三都赋》而令洛阳纸贵即是一例。还有曾与友人谈及的马克·斯洛宁著《苏维埃俄罗斯文学》中的一段记载：

“他们清晰地记得帕斯捷尔纳克的一次难得与公众见面的情景：当他在朗诵他的一首诗时迟疑了一会，全体听众竟变成了集体的提词员，异口同声地吟出他所遗漏的诗句。”

这大约可以说是有史以来诗人所能际遇的最伟大的事件，帕氏生平坎坷非比寻常，然而因此他也不枉做个诗人了。他生前的那些荣誉：布哈林曾许他是“我们当代的诗歌巨匠”，以及后来获诺贝尔文学奖，均不及此之值得骄傲。或许这才是诗人心目中真正的白玉楼罢，有这番憧憬，困顿与否似乎可以在所不计了。

对于写诗的人来说，那倒是一个可以“滥”的时代。不滥者与滥者，皆有进白玉楼的向往。说起来他们的追求虽然无大出入，但只有当这种追求有可能成为现实的时候，才有可能出现“滥”，因为滥者如南郭处士总归不是傻瓜。现在可以回过头去谈滥竽充数了，这原本不是一句好话，但这回我的感觉说实话却很不错，总之竽是有人要听，而且吹的人颇为不少，甚至到了滥的地步，这个文化的气象真是很好。滥竽者被“说之”，得“廪食”，吹竽者多少也能领受一点儿罢。

如果前述那些追求根本没有可能实现，那么大概就只剩下我们形容以“真正的”那些诗人了，正所谓岁寒而知松柏之后凋也。李商隐幻想有一座白玉楼，是以此安慰困顿一生的李贺，同时亦是在安慰同样一生困顿的自己。白玉楼这个意象本身便意味着对人间的失意乃至于绝望。在这种情况下，诗人的继续追求就是超越了与滥者很难分清的那两方面，或者可以说现在追求的乃是诗本身。李商隐为李贺作传另有一节云：

“恒从小奚奴，骑距驴，背一古破锦囊，遇有所得，即书投囊中。及暮归，太夫人使婢受囊出之，见所书多，辄曰：‘是儿要当呕出心始已耳。’上灯，与食，长吉从婢取书，研墨叠纸足成之，投他囊中。”

这种苦对诗人来说，或者说他可以承受，或者说他应该承受。但是滥者想必是受不了的。

一九九三年十二月三十日

我的父亲

父亲去世不到一天，我忽然完全明白他是怎样一个人，已经晚了。我再也来不及把我的想法告诉给他。父亲去世了，我感到痛惜的地方有许多，要从感情上讲最难受的还是没有能够与他单独进行一次真正是我们两个人之间的倾谈，那样我就可以对他讲其实我是理解他的。父亲一生坎坷甚多，或许这对他能够有所安慰，他告别这个世界的时候就能感觉好一点儿。他去世前一天我最后与他说的话是问他一生总是那么不高兴，这是怎么回事。他说他也不知道。我就没再说下去。我真后悔为什么不能再努力一下。其实我并不需要听他说些什么，我只是应该告诉他我的想法。我相信在内心深处，他是期待有人——也许是我——对他讲这样一番话的，而终于就没有人说。我想父亲是度过了孤独的一生。我应该对他说的话，说了，就是说了，就像我们一生中应该做的任何一件事；没有说或者没有做，就不再有说或做的可能。父亲去世以后，我一天又一天地回想他，可是他活着的时候我与他多在一起待一分钟，那才是属于我们两个人的一分钟。我是一个唯物论者，我所有的悲哀也正是唯物论者的悲哀：父亲离开了这个世界，如同一切故去的人一样，并没有去到另外一个世界，我永远不会再有与他交谈的机会，无论我活着，还是我死。而我从此就要进入永远也没有他的生活，这对我来说，是最残酷的事情。我也只能忍受。

父亲不在了，他的生命转化为他留下的作品，大家对他的记忆，乃至我自己今后的人生。父亲写了五十五年的诗，但我认为只是到了他一生中的最后几年里，他才真正找到了一种方式，把他生命中最重要的一部分完整地记录下来，这是单独为他所有的方式，也是非常完美的方式。每一个字都是推敲得来，要像读古诗那样细细品味。他把作为一个人与这世界的关系放入诗中“我”与“你”的关系里了；在他与世界的关系中，他把他这方面所能提供的都提供了，虽然他没有来得及等到从这个世界传来他所期待着的那种回音。这就是收入他的两部诗集《一个花荫中的女人》（一九九二）和《寻人记》（一九九四）中从《雨季情诗》到《远方梦》这六组诗。从这里可以看出他在现实中是怎么地幻想，他的幻想又是怎样一次次的破灭。而此后那由一百首诗组成的《寻人记》，则是以诗的形式追忆逝水年华，他的一生在此已经交待完毕。父亲说：《寻人记》“是我一生中最重要的作品”。他患病之后主要做的一件事就是完成了这组诗，当时我们俩都多少松了一口气。最后的两个月里，他收到重庆出版社傅天琳寄来的《寻人记》样书，这对他是一种慰藉罢。我想父亲作为一个诗人，他是完成了的。去世前二十四天他突然大量呕血，抢救过来，他说还要写一组诗，总题目叫作“无限江山”，题词用李后主的“无限江山，别时容易见时难”。已不能执笔，口述由我笔录。记得一盏昏黄的灯照着他，病房里只有我们两个人，窗外是黑暗的夜，他的声音艰难有如挣扎，断断续续。这组诗没有完成，最后一首《松花江夕照》是写在去世前两天。在这里他表达了对逝去的生命的无限依恋，此外我还隐约感到作为一个诗人他对自己的才华是有充分自信的。

父亲活着，他是一切都要“好”的；他真正把写诗当成一种艺术，所以在一生中不断对此加以研究。最后十几年里他一直都在准备写一部题为“写诗论”的书，他说关于新诗还没有这么一本书，而且对读者和写诗的人都能有些用处。一九九三年一月他给我来信就说过：“一切观点都较稳定，是写这本书的时候了。可以自成一个体系。”这是父亲一生中打算做的最主要的事情之一，但到底没有做出来，我想还是因为缺乏鼓励的缘故。他去世了，他的苦乐荣辱都随之而去，只有这一点在我心里永远是个不可弥补的残缺。去世前一个半月，他最终拟定了目录，就没有气力动笔了。从前他说要写三十万字，这回减为二十万字，后来又说有十几万字也就够了，最后他打算口述给我各章节的要点，以后争取由我敷衍成篇，可就是这个也没有能够实行。我们都一天天地感到生命是一天天地在离开他。有一天他突然哭着对我说，《写诗论》是写不出来了。……我由此知道所谓人生就是尽可能在生命结束那一刻减少一些遗憾：对自己的遗憾，对别人的遗憾，还有别人对你的遗憾。

一九九五年一月十二日

关于沙蕾

我曾经三次以文字的形式表达对已故诗人沙蕾的悼念，其中之一是在《如逝如歌》里：

渴望不死的歌手在镜子的另一面
开始唱关于死亡的歌

当然这更多是因他当年突然的死引起的惊诧，从前我还有一首《诗人之死》，是写在他死后十六天，写的全是对他的死的联想。他死了整整八年，我仍然觉得惘然若失，因为他走得实在太过突然。仿佛到现在我也没有这个思想准备。我们本来每周都通信的，有一回没信来了，我正等着，忽然接到一个电话，说他已经死了。他先是感冒，转成肺炎，有学生偶然去看望，发现人不行了，急忙送到医院，拍胸片一看，原来早患了肺癌，已扩散到满肺……终于不治而死。

我马上赶到他的住处，所谓“都无长物，块然一室”，正是这样；可是他的“室”乃是地下室。我没来过，早从他的言谈与信中知道。他死前不久有一封信里说：

“昨天地下室变成了地中海，一片汪洋，非穿高统套鞋不能涉渡，我的房门口因筑了个水泥的高门槛，所以室内进水较少。”

从前他给家父的信中也说过：

“我住‘地中海’（地下室）垂六载，已住出感情来了，如不想结婚，搬家就变成多此一举。像衣服是穿给别人看一样，住房子我想也是如此。”

我记得是非常逼仄而潮湿，墙上好像在淌水，到处都是他的诗稿和小幅的女人头像的铅笔画（他的画画得很传神），但也都是潮乎乎的，当时我有一个感觉，仿佛是大片在雨中凋谢的白色花朵围绕着他空空的床。大概这也正是一个诗人的活法；而他猝然离去，也正是一个诗人的死法罢。

我在为我的诗集写的后记里提到沙蕾，称他是一个“纯粹的诗人”。他活到七十四岁，我从一九八五年初认识他到第二年七月十五日他死，统共才一年半，我对他的了解实在非常之少，大概仅限于他的诗罢，所以现在写这篇小文章不能报告他的生平，但应该谈到他的诗。我觉得他写于四十年代的那些诗，可以说是完全独出心裁，无论在表现情感的深度上还是在对于美的追求上，都是新诗史上少有的杰作。沙蕾之为沙蕾，差不多就因为这些诗；这些诗别人很少写得出来，对于沙蕾来说也如此——他晚年虽然竭力要写出好诗，毕竟今非昔比。但他有这些诗，一生也就够了；对这一点他自己也知道，在给我的信中说过：

“我一直有这样的想法：我已写了不少可以流传的诗，对己对世，都可以交待了。”

可是这些仿佛天外来物似的好诗一直也就没有问世的机会，说是不合时宜或气候不对都可以，到一九八几年才在宁夏的一个不甚流行的刊物《新月》上以“诗十九首”和“诗十五首”为题刊出一部分，但也没有太多的反响，因为这时人们已经不怎么读诗了。新诗的不景气是个玉石俱焚的举动。沙蕾死得无声无息，好像他不曾活过；他生前把他最好的诗选编一册出版的愿望（在给我的信中多次提到此事）没有实现，而我在他房间里见到的那些诗稿以及画稿后来听说都被烧掉了——正是“落了片白茫茫大地真干净”。只能寄希望于什么时候有人能从尘封的旧杂志里发现他的诗，不用说这希望十分渺茫；但可以自慰的是：好在沙蕾这些诗对于真懂诗的人来说永远是动人心魄之作。

在我的诗中可能过多地强调了“死”，这是因为我想恐怕直到死的那一刻沙蕾也没有想到他会死。从前他在信里说：

“我因为身体很好，觉得自己还有好几十年好活，便没有紧迫感。”

他常常在晚饭后穿过整个城市到我家来，每次还带来一两块巧克力，我真觉得他是生意盎然。所以死对他来说就特别残酷。此种感觉后来在电视上看到萨尔瓦多·达利临死前被送进医院的镜头也产生过，因为我记得这个奄奄一息的人说过“我是一个不死的神仙”的话。那时我莫名地感到难过。我的诗里出现了“镜子”这个意象，因为生死之间最是不好说，勉强说来就好比一面镜子罢，你在这一面尽可以看见有关你的一切，可就是看不到背面是怎样的；等你到了背面又看不到这面了。我现在隔着生死来回想沙蕾，说什么好像都是“假作真时真亦假，无为有时有还无”了。

沙蕾曾经多次跟我谈过他想写一部长篇小说《十姊妹》。我说，十个姊妹总得有的幸福有的不幸罢，他很决然地说，不，十个都很幸福。他对人生真的这么想，他真的相信人间有幸福这件事，而且真的去追求。他在给我的信中说：

“‘十全十美的爱情，尽善尽美的作品’依然是我的牢不可破的信念。”

他也是拿着这个想法来看待文学作品，在另一封信中说：

“我所说的和谐，当然是包含差异的，同时他是反占有的，杀人是占有他人的生命，自杀是占有自己的生命，所以都不和谐。……文学作品是提高人的灵魂的，干么要宣扬杀人与自杀呢？《白夜》也是悲剧，却有伟大的心灵，如果那青年把姑娘的情人枪杀，就不佳了。总之，人类已够迷误了，我们应悲天悯人，做一些拯救灵魂的工作；否则又何贵乎有文学作品啊！”

从这一点出发，我推荐的卡夫卡、博尔赫斯，还有陀思妥耶夫斯基的《卡拉马佐夫兄弟》，他都不喜欢；所喜欢的是陀氏的一篇《白夜》。我想要了解沙蕾就看《白夜》罢，他就是书里的那个“我”；《白夜》有副题曰“录自一个梦想者的回忆”，沙蕾也正是生活中的一个梦想者，他所希望的是在现实里能给《白夜》续写一个好的结局——他虽然喜欢这小说，但对那个结局显然是不满意的。

前不久与Morin谈到“梦想成真”，他说其实这句话是不对的，梦就是梦。是的，梦想若是成了真，人怎么活呢。沙蕾就是梦想了一生，他的诗也就是梦想的记录。《白夜》的主人公最后有一番话说：

“我的天！整整一分钟的幸福！难道这对人的一生来说还嫌短吗？……”

我不知道在沙蕾的一生中有没有过这样“一分钟的幸福”，但对一个梦想者来说，有与没有，他都是幸福的罢。

一九九四年八月七日

买书的瓜蔓

我开始买书至今差不多有十六七年了。那时我刚上大学，每月从家中得到一笔生活费，开始自己掌管一点钱财。我不吸烟，不好饮酒，茶亦可有可无，人生这些乐趣既然都不嗜，那么每月吃饭和添置少量衣物之外，稍有节余就用来买书了。此外大概也因为家中旧有藏书一九六六年尽被掠去，虽说不敢立志重振家风，多少总有一点儿“补残”的想头，至于结果买了这么多则是始料不及的。我开始买书之后很长时间都很感拮据，书多钱少，所以选择为要；何况买书这事即如契诃夫所说是宁肯让自己的盘子空着也不装不相干的东西，不该买的便不要买。我很早就与几位买书的朋友约定，何人当买，何书当买，以后虽随爱好与知识的变化作过调整，总归是有所限制的。

话尽管这样说，实行起来却不容易。常是因为一本书好，这个作家其他的书也就出一本买一本；一个作家好，他又归在某个流派里，这一派其他作家的书也就尽可能都买了。又譬如说诺贝尔文学奖名气重，很有几位我佩服的作家如福克纳、加缪、贝克特、卡内蒂、西蒙等在获奖之列，那么凡得过此奖的都买罢，这下就多了一大堆，其实就中有不少至少光看译文并非特别了不起。这或许是我不能免俗的地方，但是怎么办呢，总是想着求全，或者说是希望能多知道一点儿。

还有一件麻烦事是关于选本。我向来不喜欢选本，因为不能得见全貌；尤其是别人代选，往往因为选者的一点偏见把作者的面目都给歪曲了。但是一时找不到全也只好买选。而此类选本往往互相重复又不尽重复，每本都像菜里的俏头似的加上几篇新的，一买再买，所增无多，这种牵连就有些难过。譬如我在什么书上看见苏青尝把“饮食男女，人之大欲存焉”改点为“饮食男，女人之大欲存焉”，觉得这女人好大胆，也好见识，就下决心买她的书，但也是吃了选本重复的苦：《结婚十年》已有三种，盖一为单行，一与《续结婚十年》同刊，一与《符小眉》并载；而她的散文选共买三本，合计一百零六篇，去除重复的才得六十七。我曾就中国现代散文写过几篇小文章，关于苏青似乎也该写一篇的，但买了半天也买不齐，所以至今迟迟不能动笔也。

但有时一本书也确实需要买不只一种。譬如古人的诗集词集，因为校注不同，多买一种可以参看；而诗如李义山，词如吴梦窗，恐怕就很需要对会校会注加以“会读”。至于译诗，这个就更为要紧，因诗的翻译，即使尊重原作，也是除结构、意象外丧失殆尽；倘译者自作主张如硬加上汉字的韵脚之类，就更别提了。只好多读几种译本，以揣测原来的意味。这样多买的书也算一种牵连罢。

因为要买书，所以又连带着买了些关于书的书。刚开始买书的时候，有一套《外国名作家传》，现在看起来实在平庸到水平线以下，但在当时却颇有帮助，以致都翻破了。几种文学方面的百科全书，可以说都是因为买书才买的。说来我对文学史的兴趣，也是由打这儿来的。有一点儿文学史方面的知识，好比有好的老师指点，买书就不至于太盲目。这些年搜得世界文学通史一种，欧洲三种，犹太二种，日本四种，美国十一种，英国四种，法国、德国、原苏联、瑞典、丹麦、拉丁美洲、古希腊各一种，皆是译本，若苏联人所写我是不买的。年岁渐长，读书的爱好有所变化，大抵求知的需要更为突出，于是爱读文学史反在小说剧本及诗之上。附带说一句，美术史亦为我所喜欢，书柜中也有十几种了。

如此这般牵连，到如今集书真的不少了，但也有些麻烦，先是钱不够用，后来是没地方放。我买书本以读时方便为目的，即是说买了是要读的，但前些时估算一下家里现有的书此生纵是日夜兼程地读只怕也读不完了。所以有时也想不能再这样罢，可这个节制总也实行不了。偶然挑选一回，末了终归要后悔的。好像我刚知道张宗子的文章写得绝妙时，就去找《陶庵梦忆》及《西湖梦寻》，但偏偏先见着的是一本《快园道古》，心想这本就算了罢，及至觅到那两本《梦》书，读了，真是拍案惊奇，觉得还不解气，又去寻他别的书，只买到《琅嬛文集》和《四书遇》，晓星兄又赠我《夜航船》，而《快园道古》已经售罄，几次写信到出版社也不可得，这才真是一件憾事。

近来常在枕边放一本散文，每晚睡前读上几篇，刻下读的是《知堂书话》，其《姚镜塘集》一篇起首云：

“余买书甚杂乱，常如瓜蔓相连引，如因《困学纪闻注》而及翁凤西《逸老巢诗集》，因舒白香而及龚沤舸《玉蔬轩集》，因潘少白而及姚镜塘《竹素斋集》，皆是也。”

我读了不免会心一笑。

一九九四年九月十日改

挑书

知堂《关于鲁迅》记其少年时买书事说：

“顶早买到的大约是两册石印本冈元凤所著的《毛诗品物图考》，这书最初也是在皇甫庄见到，非常歆羡，在大街的书店买来一部，偶然有点纸破或墨污，总不能满意，便拿去掉换，至再至三，直到伙计烦厌了，戏弄说，这比姊姊的面孔还白呢，何必掉换，乃愤然出来，不再去买书。这书店大约不是墨润堂，却是邻近的奎照楼吧。这回换来的书好像又有什么毛病，记得还减价以一角小洋卖给同窗，再贴补一角去另买了一部。”

我觉得这事非常有趣，——我们几个买书的朋友脾性正是与此相仿，虽然比附先贤很令人讨厌。大洪兄十年前与我因买书相识，后来遂成莫逆，说起来我们二人买书都是挑拣得很厉害的。这大抵因为我们买书除看之外还要收存，所以不能不讲一点“品”；买书又太多，有不少是买的时候已想过不知此生还有没有时间看它，倘若模样再不好一点儿，则太对不起花去的钱了。后来他毕业去到河南，我们常为对方代买一些书，要买的书不事先嘱咐亦绝对不会买错——乃是知道要什么，亦知道已有什么也。说来这也是一件有趣的事：我不光自己的书记得清楚，几位朋友收有什么亦了然于心；有时朋友自己记不住反倒要问我这本他买过没有。与大洪兄则彼此挑书的习惯亦深有了解。他挑书重点在书角，凡书角磨损者都在不要之列，书一经买到须先用报纸包好才放入书包，遇到拥挤时亦必以手护之。我则更看重书脊，因为书排列在柜里，书脊露在外边，好似人的脸面，书脊皱皱巴巴，让人看了胸中作梗。如此这般挑剔，买书是很费事的，至再至三乃至店员厌烦实是经常如此，时间久了王府井的女店员均已熟悉，见我来到便说：“又来了。”怎么办呢，还得厚着脸皮去挑拣。

多年买书的经验是，书价日贵，印刷、装帧日差。所以挑拣的结果是未必满意。我们此外还有一样功夫是修补书籍。大洪兄常带在身边的是一块橡皮，用来除去脏污；一片砂纸，打磨书页裁得不齐之处；后来又添一页剃须刀片，封面倘有多出可以削掉。我则还多一瓶胶水，倘有撕页，可在撕破的纸缘涂上少许，勿使多出，然后对齐压平，即可补好。书脊倘不平整，可轻轻撕开封面，用砂纸将书脊打平，再加一条衬纸，重新把封面粘好。暖水瓶也常被利用，书页不平可以嘘湿，重力压之，干后裁去多余部分。这些事情做来虽难比琉璃厂的师傅，但亦自有乐趣在也。大洪兄有一次留宿寒舍，家母半夜起来看见他还在那里忙乎，这即使是怪癖亦有可敬的地方罢。附带说件旁人的事，一位作家朋友曾向我借去巴尔加斯·略萨的《胡莉亚姨妈和作家》，该书有些页没有裁开，便都随便撕开了，参差不齐地还给我，害得我补了好久，很难想象当时就找不到一件裁纸的东西罢，只是费些事而已。

不过大洪兄后来破家，藏书多半都失掉了。当然他也并没有为此多说什么，他还在买书，挑拣以及修补，但那些成套的如《巴尔扎克全集》之类似乎无心从头买起了。李清照在《〈金石录〉后序》中曾以“有有必有无，有聚必有散，乃理之常；人亡弓，人得之，又胡足道”自慰，但我却不敢以此语劝他。人和人怎么能一样呢，失者多少心血在焉，得者怕是不一定体会得到罢。

一九九〇年七月二十四日

旅途读书

对我来说，在旅途中也像是在家中。在家中我一个人独处的时候喜欢读书，在旅途中也是这样。看窗外的风景要有心境，而且我自知也不是那种能长时间流连于山光水色的人，年轻的时候我倒是沿袭古风，写过不少山水诗，但近来却似乎是越来越满足于“一瞥”了。与陌生人搭话一来不免有些戒心，二来实在是没有什么意思，我在家里尚且深居简出，何况人在天涯呢。那么就读书罢。旅途读书，仿佛带着自己的世界远行。

在家中的时候，我是喜欢独自站在书柜前，这本翻翻，那本翻翻，摩挲一下封面，看看作者的照片、小传，乃至前言后记之类。这也就消磨去半日。在旅途中可就没有这么方便，只能挑选一两本，为此总是颇费心思。带在旅途中看的书不能太厚，太厚拿不了；也不能太薄，两下子就看完了。不能太不容易看，那就抵御不了环境的嘈杂；也不能太容易看，因为漫漫路上看的书要能禁时候。

我在旅途中看书最多的一次是在十年前，那是乘火车去哈尔滨省亲，我带了两本书：陀思妥耶夫斯基的《被欺凌与被侮辱的》和莫泊桑的《一生》。途中有二十多个小时。坐的硬座，除去打盹儿和吃东西，大约剩下一多半时间可用。一往一返，两本书都读完了。过了这么久，书的内容还记得很清楚，比如前几天与人谈到陀氏书中开头的情节：一个老人领着一条老狗，忽然狗死了，过一会儿人也死了。我说这才是惊心动魄；须得有孤苦无告做底子，才是真的相依为命。当然这是题外话了。附带说一句，十来年前我大量读书的时候，很多书都是在车上读的，不过那多是公共汽车。我上大学每日回家，往返途中一本接一本地读书，其中包括几种上百万字的长篇小说。公共汽车上读书以春秋二季为宜，夏天太热，书易为手汗所污，冬天太冷，伸不出手，天黑亦很早，我上车时往往已看不见了。——扩大地讲，这也算“旅”罢，所以也是“旅途读书”。

有好几本书我都是正看到一半，赶上要出门，只好把书带上，在路上看完了。记得有卡内蒂的《迷惘》，纳博科夫的《洛丽塔》，还有别的。说起来这倒是一件有意思的事情。

“父母在，不远游”，圣人教诲在焉，或有别义，但离家独自远行终究有些别扭。最主要的一个感觉就是生活的中断。好比一本书看到一半就完了，而新的一本又迟迟没有打开。在旅途中读已经开始读了的书或可稍稍缓解这种迷惘。我一边读一边觉得总归不是因为背起行囊就把什么都放下了，生活还在延续。旅途读书，有似与人偕行，那么这就是一位熟人了。

旅途中看书也有扫兴的时候。譬如坐火车罢。坐在对面的人免不了要与你搭讪。“看什么书呢？”拿过去一看，有些意思，他就看起来，不管你作何感想。有一次到青岛去，带着一本《长安客话》，躺在对面卧铺上的老哥也曾要过去，不过看了两眼，说句“没意思”就还了回来，却不知我正乐得。

旅途读书还可能有意想不到的事情发生，不过不是我的事，而是一位朋友的经历。他自武汉往上海去，或者别的什么旅程，总之是在长江上乘船。读的是一本诗集《蔷薇集》。偶有别的事出舱去，看了一半的书扣在铺上。回来时看见邻铺的一位少女正在看他那本书，他刚才读到的那首题为《海鸥》，这好像恰恰是那女郎的名字，两个人便谈起这首诗来，谈得又很投机。后来旅途尽了，彼此还有一段往来。这等事说来只在小说电影中有过，不想还真能发生。

但是我却未曾逢着，说起来许是没有那个造化罢。

一九九〇年四月二十二日

弃文从商

这题目颇有点儿像刻下时髦的口号，其实乃是一句较长的话的节略，那句话是："我的弃文从商的经过及其感想。"这里先要就"弃文"与"从商"两方面作些解释。我小学中学什么书也未曾好好读过，包括中文在内；大学学的又是医科，没有中文的课。也没有专职当过什么文人，更无缘参加哪个与文沾边的组织，甚至连文人的雅集诸如朗诵会、座谈会都不曾与席过。十来年间在大小报刊上发表过一些分行与不分行的东西，从来未引起读者及评论家的注意，拿过几文稿费，可指着它养家糊口还差得远呢。所以我所说的这个"文"，充其量也只是对文的那么一点兴趣，说到底我也只能算是一个读书人，或者爱读书的人，而已。至于"商"，我只是从几年前起，到一家外国公司当了一名雇员，伙计一般的角色，做的乃是别人的买卖，赔了赚了都是人家的事，我只是拿点工资罢了。现在常说“下海”，那大概指的是使自己的船罢，我则仅仅是在别人的船上充当司炉水手之类，此外我没有做过自己的生意，或者玩玩股票什么的。如此说来，似乎两边都有些勉强，但事实如此，不好编造，先哲有言，“在家人也不打诳话”，也只能凑合着说了。

干这个活儿之前我先后当过医生和记者，都不是不能干的工作，只是越来越感觉到穷。俗话说“人穷志短”，孔子则云“君子固穷”，我仿佛是游离于此两者之间。比方说买书就常有买不起之惧，我的藏书很多欠缺差不多都是因为当时阮囊羞涩，后来再也补不上。再就是朋友来访，也很难招待饭食。每月薪水只够应付吃穿。多挣点钱，这若说是我的志向未免俗了，但确有这个需要。正好有大学校友告诉我某处有个空缺的位置，我就去应试。我这人一向衣着随便，西服领带均不曾置备，时值三月杪，记得外面穿件毛衣去的。第二天有电话来，说已通过，我不免犹豫起来，还在日记中抄了苦茶庵长老的诗句：“绕遍莲台还自叹，入官入道两蹉跎。”其实我只不过是本科毕业，后来看见硕士、博士之流都争着往公司跑，我真是小巫见大巫了。只是感到做买卖到底算不得什么光彩之事，记得在给朋友的信中写过“中年为贾，士林不耻”这样的话。但是转念一想，医生不是也要收病人好处，记者不是也要搞有偿新闻么，这不也是做买卖，恐怕还不及此时之我心安理得呢。大概就像萨特的一出戏写的，谁也没法不把手弄脏罢。我其为随波逐流者乎。

话虽是这样说，但是还有一个干了干不了的问题呢。我并非出身商贩之家，一时也找不着能人可以拜师，我自己别无所有，只有一点书生气质，公司又不是可以混事由的地方。没有法子，只能如北京人所说："干什么吆喝什么。"我知道用的是自己的短处，但短处可用，斯亦一好事也。起初只想好歹干满三个月试用期就行了，谁知迄今已是好几年过去。当然这有机缘的关系，舍此去谈个人如何努力，那是哄孩子的话了。几年里多少也长些本事，只是一样儿学不来，压根儿也不想学，就是商人习气。或许正因为如此，我才能从一帮子从里到外都是做买卖的人手里抢过来几个买卖呢。或者说，你别是在体验生活罢，那倒一点儿也不，因为顾不上，当时也分不了这个心，从这方面讲还真是弃文从商。我的感觉倒好比是在演那么一个角色，早晨上班有如大幕拉开，晚上便是下台了，不过循的乃是斯坦尼斯拉夫斯基体系而不是布莱希特体系罢了。如此几年如一日。但这不是一个可以炫耀的角色，我确实从来没有从这差使本身体会到什么乐趣，只是倘若能干下去，我还得接着干就是了。

但是收工之后，恐怕我还是我，原来的我。晚上（当然不是每天），星期天，休假的日子，还有出差的路上，我还是可以读一点书，有兴趣的话，写一点东西。——说到这儿不免露出马脚来了，原来“文”是弃之不了的。说来当文人也确是雅，但有一俗免不了，就是龚定庵说的：“著书都为稻粱谋。”我现在纵有千般俗处，此俗庶几可免也。所以较之从前，在这方面反倒纯粹了些也未可知。讲句笑话，做人做得通俗，文章倒可以不通俗了。我也确实是认为作品的价值最终还是在作者的价值之上。这期间我完成了《如逝如歌》，对我来说这是一件重要的事。此外又读了不少不热门的书，譬如今年以四个月的业余时间细细通读了一遍《诗经》，此乃许久想做而未做的事。我也可以在闲暇的时候认真想一想有关“人”和“文”这两方面的事情，或者与二三子去逛逛琉璃厂之类地方。这时的我能够体会到生命之有意思。说句老实话，我现在是想多少能存一点钱，将来干不了这个活计时，可以贴补些家用，让我仍然能安下心来读我的书，写我的东西。写到这里，大概我这篇痴人的自白也可以搁笔了罢。

一九九三年十一月二十四日

止庵说

《庄子·德充符》云：

“人莫鉴于流水而鉴于止水，惟止能止众止。”

我喜欢这个意思，后来写文章就取它作笔名。我是想时时告诫自己要清醒，不嚣张，悠着点儿。

“轩”、“堂”、“斋”等对我来说都嫌过于隆重，我想象中读书的所在只是一处“庵”——荒凉里那么一个小草棚子而已。

〔附记〕其实这个意思原不是我的发明，清朝写《介存斋论词杂著》的周济即号止庵。此外家里还有几本名字涉及“止”的旧书，皆姑苏俞志高君所赠：《知止庵诗录》，黄韩钦著，宣统庚戌年刊；《止水草堂诗集》，蔡星珊著，刊年不详，书末有崔肇琳民国十四年写的跋；《止庵诗存》，周缉之著，民国三十七年刊，题写书名的是沈尹默。

一九九四年十月十一日

后记

编这随笔集时我总在想的一个词是“眼高手低”。不是客气，但也与通常的解释有所不同：“手低”，出自自家之手的东西确实不行；“眼高”却说的是这些年我所看的差不多都是最好的文章。我有志于文（大范围的文，小说与诗均在内）整整二十年了，关注散文随笔其实并不很久。《三字经》云：“苏老泉，二十七。”说的是学犹未晚，但多少也给求学定了一个时限，在我则比这还晚点儿呢。此真可谓少壮不努力了，不过也许却是正好，过了抒情的年龄再事文章，有如孔子之沐浴而朝也。那年我从大量读周作人入手，寻流讨源，旁及左右，乃至于海外，由此大致得见整个现代散文的脉络。倒也不是说要把自己局限于某一家，两年前编《周作人晚期散文选》，在编后记中写过一段话云：

“从文学史上看，周作人散文大概主要是作为对从唐宋八大家到清朝桐城派这一路正统文学的反动而出现的。直截了当地说，韩柳之辈怎么写，他就不怎么写；他别从先秦、南北朝、晚明的散文，英国近代的小品文和日本的随笔受到启发。”

这里最重要的还是非正统这个意思；可以自信地讲，我读文章乃是走了一条正路。中国文章向来是非正统的写得好，就文章本身讲即是如此，更重要的是那些正统文章说是载道其实往往是不讲理，中了这个毒就坏了，而且难以从中脱身。不妨举一个例：周濂溪那篇《爱莲说》总是家喻户晓了罢，里面“出淤泥而不染，濯清涟而不妖”两句大概算是所谓警句，其实我们想想看，凡生在水中的植物如菱、慈姑、睡莲、水葫芦等开花哪个不是“出淤泥而不染”，干吗非拿来说荷花，至于“濯清涟而不妖”就更玄虚了。说来这乃是事先领了个观念强加给这荷花的，但除了这两句，此文于荷花亦未告诉我们什么别的。这类文章后来就太多了。我们再从《知堂乙酉文编·风的话》里抄一节看：

“古诗有云，白杨多悲风，萧萧愁杀人。这萧萧的声音我却是欢喜，在北京所听的风声中要算是最好的。在前院的绿门外边，西边种了一棵柏树，东边种了一棵白杨，或者严格的说是青杨，如今十足过了廿五个年头，柏树才只拱把，白杨却已长得合抱了。前者是长青树，冬天看了也好看，后者每年落叶，到得春季长出成千万的碧绿大叶，整天的在摇动着，书本上说他无风自摇，其实也有微风，不过别的树叶子尚未吹动，白杨柄特别细，所以就颤动起来了。戊寅以前老友饼斋常来寒斋夜谈，听见墙外瑟瑟之声，辄惊问曰，下雨了吧，但不等回答，立即省悟，又为白杨所骗了。戊寅春初饼斋下世，以后不复有深夜谈天的事，但白杨的风声还是照旧可听，从窗里望见一大片的绿叶也觉得很好看。”

这里所反映的人与自然的关系却是那么实实在在，人情阅历又尽在其中，相比之下，“出淤泥而不染”云云则是人为制造出来的也。文章一不实在，便没得根，这就叫做：“七宝楼台，眩人耳目，碎拆下来，不成片段。”

但也不是说我们就一味玩性情而轻视思想，其实正相反。一九三二年钱钟书在《新月》第四卷第四期发表《中国新文学的源流》一文，是对周作人同名著作的评论，其中有一节云：

“周先生提出了许多文学上的流星，但有一座小星似乎没有能‘swim into his ken’；这个人便是张大复。记得钱牧斋《初学集》里有为他作的状或碑铭。他的《梅花草堂集》（我所见者为文明书局《笔记小说大观》本）我认为可与张宗子的《梦忆》平分‘集公安、竟陵二派大成’之荣誉，虽然他们的风味是完全不相同的。此人外间称道的很少，所以胆敢为他标榜一下。”

过了三年多，周作人作《〈梅花草堂笔谈〉等》提及此事：“我赞成《笔谈》的翻印，但是这与公安竟陵的不同，只因为是难得罢了，他的文学思想还是李北地一派，其小品之漂亮者亦是山人气味耳。明末清初的文人有好些都是我所不喜欢的，如王稚登吴从先张心来王丹麓辈，盖因其为山人之流也，李笠翁亦是山人而有他的见地，文亦有特色，故我尚喜欢，与傅青主金圣叹等视。若张大复殆只可奉屈坐于王稚登之次，我在数年前偶谈中国新文学的源流，有批评家赐教谓应列入张君，不佞亦前见《笔谈》残本，凭二十年前的记忆不敢以为是，今复阅全书亦仍如此想。”

所以更重要的还是思想。风雅或文学与思想，周氏尝比之于瓜子和粮食，盖瓜子虽好却不可以当饭吃也。或许此类说法乃至我的引述均不免要被讥为老派，但是我写文章总是心里有意思要讲出来，若那种今人所谓“状态散文”我是不愿意多写的。

也还可以在这里略说一下我对于文章的理想。文章自有高下之分，心中有意思还要完整准确地表达在纸上，孔子说是“辞达而已矣”，这便是技巧之所在了。我不喜欢“最高的技巧是无技巧”这类话，因为很容易被误解成“无技巧是最高技巧”，就像嘲讽“死读书、读死书”的结果却是不读书一样。理想的文章大概可用“老”、“淡”、“拙”、“疏”这么几个字来概括。老是成熟洞达，沧桑，汰尽青春气；淡是发乎情止乎无情，含蓄，有意味，不夸饰浮躁，不咄咄逼人；拙是天然朴讷，大智若愚，有安排但不露痕迹；疏是写得丰腴，舒展绵延，会用闲笔、会“断”——不要起承转合。或者说你讲了这么多，自己做到了哪一样呢，恐怕一样也没有罢，“手低”，不是已经坦白了么。说实话，我始终觉得我的文章并不是非写不可的；既然写了，而且还要继续写，那么就该有一个怎么写好的理想。子曰：“朝闻道，夕死可矣。”在我则还且得活呢。

一九九四年九月十二日

图书在版编目 (CIP) 数据
樗下随笔 / 止庵著 .—武汉：华中科技大学出版社，2019.5
ISBN 978-7-5680-4792-0

Ⅰ.①樗… Ⅱ.①止… Ⅲ.①随笔－作品集－中国－当代 Ⅳ.①I267.1

中国版本图书馆 CIP 数据核字 (2019) 第 033601 号

樗下随笔 止 庵 著
Chuxia Suibi

责任编辑：陈心玉
封面设计：Pallaksch
责任监印：朱 玢
出版发行：华中科技大学出版社（中国·武汉） 电话：(027)81321913
武汉市东湖新技术开发区华工科技园 邮编：430223
录 排：华中科技大学惠友文印中心
印 刷：中华商务联合印刷（广东）有限公司
开 本：880mm × 1230mm 1/32
印 张：9.625
字 数：200 千字
版 次：2019 年 5 月第 1 版第 1 次印刷
定 价：69.00 元

华中出版

本书若有印装质量问题，请向出版社营销中心调换
全国免费服务热线：400-6679-118 竭诚为您服务